神木历代诗词精选集

赵 雄/编注

中国文史出版社

神木八景

龙眼透日　大雄／摄

虎头吼风　王乐平／摄

笔架蒸霞　王乐平／摄

香炉伴月　高生效／摄

纱帽舒云　王乐平／摄

锦屏叠雪　贺超逸/摄

杏花濯雨　贺超逸/摄

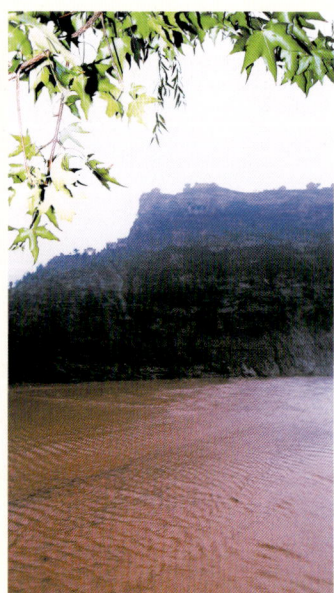

窟野轰雷　贺超逸/摄

出版说明

　　明朝首辅张四维在《重建神木县文庙学署记》开篇写道：神木，古麟州地。密与虏接，在中国为绝塞。是故武备急焉。列屯置戍，民自习于骑射。至于教化礼文之事，长人者非无意焉，不遑及也。

　　在历史上，神木本地文人墨客实不多见，也少有诗赋流传。然而，作为边防重地，神木吸引了众多外来优秀的政治军事人物的极大关注，其中不乏才华横溢的诗人，他们留下了许多和神木（麟州）有关的著名诗篇，传诵千古，脍炙人口。如王维的《新秦郡松树歌》、范仲淹的《渔家傲》。

　　对于这些诗词，除了道光《神木县志》收录的部分以外，还有相当一部分散落在各种诗文集与选本中，少为人知。间有本地专家学者搜集整理，惜限于资料与考证，总是存在一些缺憾和舛错。

　　为使这个选本尽可能全面与完美，编者深怀"焚膏油以继晷，恒兀兀以穷年"的治学精神，翻阅大量相关典籍，检索不少数据库资源，博观而约取，详辨而慎录，力求将那些被遗忘的经典之作悉数钩沉，呈现在读者面前。

　　同时，本着简洁素淡的审美追求，对所选诗文，除了简单地介绍作者、扼要地注解人文地理、交代文本出处以外，一般不再进行其余注释。毕竟编者还十分赞同沈启无先生的观点："大凡笺注之类，都是一些低能的事情。与人以惰，在己犹拙。即使你两脚书橱，读得书多，却把好好几句原文弄得支离破碎，甚至差以毫厘而有千里之谬者，笑杀些大雅方家之士。"

最后，需要特别说明的是，现当代以来，尽管歌咏抒写神木的诗作很多，且不乏名家名作，但此选本几乎不收在世者之作。一则珠玉在前，别人已经在这方面做了详尽的工作；二则经典需要时间来磨砺沉淀。今人之作，留待后人选编，也许更为公允！

编注者
2018 年 10 月

目 录

唐

宋

清

中华民国

中华人民共和国

唐

王 维

王维（701—761），字摩诘，蒲州（今山西永济西）人。官至尚书右丞。著名诗人、画家。著有《王右丞集》。

新秦郡松树歌①

青青山上松，数里不见今更逢。
不见君，心相忆。
此心向君，君应识。
为君颜色高且闲，
亭亭迥出浮云间。

---

①据《新唐书·地理志》，新秦郡即为麟州郡。"开元十二年析胜州之连谷、银城置麟州，其年改为新秦郡，十四年废。天宝元年复置。领县三，户二千四百二十八，口一万九百三。"据《王维诗集笺注·王维年谱》/杨文生编著/四川人民出版社/2003.09，第890页，这首诗是诗人天宝四年乙酉（745）冬，出使新秦郡（今神木）时所作。需要指出的是，1990年《神木县志》将"不见君"讹为"君不见"，以致后来者盲从因袭，亟须纠正。

欧阳詹

欧阳詹（755—800），字行周，福建晋江人，唐德宗贞元八年（792）进士，与韩愈同榜。元和间，游五原塞，题诗银城。

题银城旅舍①

天涯何处是，突兀见孤城。
大将新移节，边陲古易名。
风高秋鹗鸶，雨足野人耕。
投笔儒生志，囊中宝剑行。

---

①此诗见道光《神木县志》。颈联意象，秋雨之后还有耕植，这在北方有乖常理。姑存侯考。

薛 能

薛能（约817—880），字太拙，汾州（今山西汾阳）人。晚唐著名诗人，官至徐州节度使，徙镇武昌，为贼所杀。

麟中寓居寄蒲中友人①

萧条秋雨地，独院阻同群。
一夜惊为客，多年不见君。
边心生落日，乡思羡归云。
更在相思处，子规灯下闻。

---

①这是诗人寓居麟州（治所在今陕西神木），寄赠蒲中（指蒲州府，治今山西永济市）朋友的一首诗，抒发了做客他乡的归思之情。

宋

张 咏

张咏（946—1015），字复之，号乖崖。鄄城（今属山东）人。北宋名臣，官至礼部尚书。与寇准善，方刚自任，为治尚严猛。雍熙二年（985），担任麟州通判，作《麟州通判厅记》，是了解麟州历史沿革的重要文献。张咏还发明了世界上最早的纸币——交子，被誉为"纸币之父"。

登麟州城楼

莫问戎庭苦，高栏是夕攀。
时清官事少，边静戍人闲。
雉堞临寒水，穹庐倚乱山。
皇恩正无外，不拟更移还。

新秦遣怀①

貂褐久从戎，因令笔砚慵。
梳中见白发，枕上忆孤峰。
风动沙昏昼，寒多雪折松。
此心无与问，长愿酒盈钟。

---

①新秦：今陕西神木。据张其凡《张咏年谱》，张咏雍熙二年（985）六月至端拱二年（989）春通判麟州。时西夏方强，边鄙不宁。咏在麟州，以兵法从事，缮起亭障，精明烽火，伐谋取胜，四鄙以安。这首诗主要描述了长期驻守边关的孤寂心情，也描写了边塞的奇异风光。

新秦送人东归

郡斋空古塞垣西，才喜相逢又解携。
若值山东豪侠问，嵇生慵更作书题。

范仲淹

范仲淹（989—1052），字希文，吴县（今属江苏）人。北宋著名思想家、政治家、军事家、文学家。朱熹誉其为"有史以来天地间第一流人物"。仲淹少孤贫，流传有"划粥割齑"的苦读故事。宋宝元三年（1040）任陕西经略副使，庆历元年（1041）兼延安知府。庆历四年（1044）秋宣抚河东，到麟州，留有一词一诗。

麟州秋词·调寄渔家傲①

塞下秋来风景异，衡阳雁去无留意。
四面边声连角起，千嶂里，长烟落日孤城闭。
浊酒一杯家万里，燕然未勒归无计。
羌管悠悠霜满地，人不寐，将军白发征夫泪。

---

①此诗通常标题为《渔家傲·秋思》，有人认为描写的是延安一带的风光，这与事实不符，兹不从。延安在当时并非孤城，与西夏北面尚有绥德军，西北有保安军、定边军，西面有环庆二州，其间有数十座寨堡，距夏境有 150 里之遥。麟州则"孤悬河外"，朝廷只能通过河东路来管辖联络。可参见焦拖义论文《范仲淹的〈渔家傲〉作于麟州红楼》。

麟州①

宣恩来到极西州，城下羌山隔一流。
不见耕桑见烽火，愿封丞相富人侯②。

①此诗见刘於义、沈青崖等修纂雍正《陕西通志》卷九七。
②富人侯，即富民侯。避唐太宗讳，改"民"为"人"。富人侯，即能够安天下、富百姓的高官。典出《汉书·车千秋传》："（武帝）既而觉悟，乃息兵罢役，封丞相为富人侯。"

文彦博

文彦博（1006—1097），字宽夫，号伊叟。汾州介休（今山西介休）人。北宋著名政治家、书法家。出将入相五十年，为史上有名的长寿宰相。其幼年"灌穴浮球"的故事，千古流传。康定元年（1040），文彦博任河东转运副使时，河东路下辖的麟州（今陕西神木）与西夏相邻，运饷道路迂回曲折，他带人修复废弃的故道，又在麟州囤聚了足够的粮草，最终挫败了西夏元昊军队的围攻。

忆红楼①

昔年持斧按边州，闲上高城久驻留。
曾见兵锋逾白草，偶题诗句在红楼②。
控弦挽粟成陈事，缓带投壶忆旧游③。
狂斐更烦金石刻，腼颜多谢镇西侯。

---

①据道光《神木县志》，文彦博于该诗前写有一段小引：麟州知郡作坊以彦博昔年所题红楼拙诗刻石复以墨本见寄，辄成五十六字致谢，且寄怀旧之意云尔。据清抄本《神木县志》：文彦博此诗刻石时间在嘉祐六年（1061）十月十三日。
②作者原注：楼在城上，对白草坪。
③作者原注：皆昔日新秦事也。

欧阳修

欧阳修（1007—1072），字永叔，号醉翁，晚年号六一居士，吉州吉水（今属江西）人，北宋文学家、史学家。"唐宋八大家"之一。庆历四年（1044），有大臣禀报河东粮草不足，请求废除麟州。欧阳修奉命前往麟州考察，认为麟州具有重要的军事战略地位，写成《论麟州事宜扎子》，力排众议保麟州。

供备库副使杨君琪墓志铭(选铭)①

　　杨氏初微自河西，弯弓驰马跃边陲。
　　桓桓侍中国屏毗，太师防御杰然奇。
　　名声累世在羌夷，时平文胜武力衰。
　　温温供备乐有仪，好贤举善利岂私。
　　恺悌君子神所宜，康宁寿考顺全归。
　　有畋为子后可知。

---

①杨琪（980—1050），麟州新秦（治在今陕西神木）人，字宝臣。杨业（重贵）弟弟杨重勋之孙、杨畋之父。

韩　琦

　　韩琦（1008—1075），字稚圭，自号赣叟，相州安阳（今属河南）人。北宋政治家、名将。曾任陕西安抚使，与范仲淹共同防御西夏。时称"韩范"。边人谣曰："军中有一韩，西贼闻之心骨寒；军中有一范，西贼闻之惊破胆。"韩琦"相三朝，立二帝"，当政十年，号称督相。著有《安阳集》。

次韵和运使杨畋舍人登麟州城见寄①

关河皆我旧，羌虏岂吾邻。
未泱庙中筹，可伤山后民。
戍兵闲自费，胜策默难陈。
世论安无事，吁哉老塞臣。

①杨畋为杨令公杨重贵（杨业）胞弟杨重勋曾孙。此诗见《宋诗纪事补正·第2册》/钱钟书编／辽宁人民出版社/2003.01，第773页。

王安石

王安石（1021—1086），字介甫，号半山，封荆国公，世称王荆公。临川（今属江西）人。"唐宋八大家"之一。

奉酬杨乐道①

邂逅联裾殿阁春，却愁容易即离群。
相知不必因相识，所得如今过所闻。
近代声名出卢骆，前朝笔墨数渊云②。
与公家世由来事，愧我初无百一分。

---

①杨乐道即杨畋（1007—1062），北宋麟州新秦（旧治在今陕西神木北）人，字乐道。杨重勋曾孙。出身将门，然能折节读书。尤好为诗，喜写大字。与时人王安石、司马光、蔡襄、梅尧臣、沈遘、韩维等均有唱和。官终龙图阁学士知谏院。死时，家无余财，同僚出资克襄丧事。著有《新秦集》，已佚，仅存王安石所作序言一篇。
②"渊云"系指王褒（字子渊）与杨雄（字子云）。王安石引用王、杨二氏的故事正切合他与杨畋的姓。"出卢骆"，暗指王勃、杨炯，亦切二人姓。

谢卿材

谢卿材，字仲适，临淄（今山东淄博东北）人。曾知抚州临川县，王安石举于朝。神宗熙宁二年（1069），为比部员外郎。八年，权提点河东刑狱。元丰七年（1084），知福州。元祐间为河北、河东、京东等路转运使。累官朝散大夫。

新秦登红楼①

极塞登临略解颜，红楼高对玉门关。
四围山色讴歌内，万里羌情指顾间。
坐甲恐令飞骑老，卷帘欲贺白星闲。
细思故地方嗟愤，拍遍栏杆未忍还。

---

①此诗见《延绥镇志》（明郑汝璧编著原版刊印本）。后人不察，多将作者"谢卿材"误为"谢乡材"，如《延绥镇志》（2011年马少甫与王应宪点校版）、《古今文人咏神木诗词选》/ 温亚洲编 /2014.01/ 陕西师范大学出版社，以及《陕北古代边塞诗词》/ 霍世春编注 /2009.12/ 太白文艺出版社。

郭祥正

　　郭祥正（1035—1113），字功父，一作功甫。当涂（今属安徽）人。史传"其母梦李白而生"，少年即倜傥不羁，诗文有飘逸之气。当朝著名诗人梅尧臣一见他便叹道："天才如此，真太白后身也。"皇祐五年（1053）进士，历官秘书阁校理、汀州通判、朝请大夫等，虽仕于朝，不营一金，所到之处，多有政声。著有《青山集》。

麟州叹

其一

边兵不觉西人至，麟州仓卒城门闭。
城中带甲仅防城，城外生灵任凋毙。

其二

元戎底事不防秋，千里郊原战血流。
谩说知兵范仆射，未免君王西顾忧。

苏 轼

苏轼（1037—1101），字子瞻，又字和仲，号铁冠道人、东坡居士，世称苏东坡、苏仙。眉州眉山（今属四川）人，北宋文学家、书法家、画家。

次韵孔常父送张天觉河东提刑

送君应典鹔鹴裘，凭仗千钟洗别愁。
脱帽风流余长史①，埋轮家世本留侯②。
子河骏马方争出③，昭义疲兵得少休④。
定向秋山得佳句，故关黄叶满行辀。

---

①作者注：君喜草书而不工，故以此为戏。
②作者注：张纲，子房七世孙也，犍为武阳人。墓在今彭山，君岂其后耶？
③作者注：麟府马，出子河汉。编者按：查慎行补注：据《太平寰宇记》，麟州榆林县有紫河。又据《武经总要·西番地理》：隋筑长城，起于此河。今谓之紫河，地产良马。"子河"当是"紫河"之讹。
④作者注：唐称昭义步兵，盖泽潞弓箭手。

苏 辙

苏辙（1039—1112），字子由，眉州眉山（今属四川）人，北宋散文家，与父洵、兄轼同以文学知名，人称"小苏"。晚年居颍川（今河南许昌），自号颍滨遗老。官至尚书右丞、门下侍郎。

过杨无敌庙①

行祠寂寞寄关门，野草犹知避血痕。
一败可怜非战罪，太刚嗟独畏人言。
驰驱本为中原用，尝享能令异域尊。
我欲比君周子隐，诛彤聊足慰忠魂②。

①元祐四年（1089），苏辙作为贺辽主生辰信使，出使辽国，经过古北口杨业庙（今北京密云东北），他对杨业受人排陷冤屈而死深有感慨，于是写下了这首诗。杨无敌，即神木杨家将头号人物杨令公——杨业，身为北宋名将，在对辽作战中，战功显赫，名震契丹，被称为"杨无敌"。
②晋梁王肜曾违法，周处（子隐）深究其过。后氐人齐万年反，肜为征西大将军，都督关中诸军事，处为前锋。肜为报往昔私仇，命处进讨，军无后继，处力战而死。事见《晋书·周处传》。

张仲愈

张仲愈，北宋麟州（今神木）人，生平不详。

宋故秉义郎徐府君墓志铭（选铭）①

> 猗欤徐公起寒微，门闾高大生光辉。
> 战功屡立闻帝闱，荣曳朝服脱戎衣。
> 赤心报国天弗违，寿逾七十人亦稀。
> 就葬先茔得其归，庆流子孙有所依。

---

①2010年在神木杨家城北草垛山出土北宋墓志石一方，刻《宋故秉义郎徐府君墓志铭》如下：君讳德，字得之，世为麟州新秦县人也。父智，故赠率府副率。君起家微贱，奋身行伍，善骑射，精击刺，勇冠军中，人以骁锐称之。自朝廷用兵西南，君无一战不在其间。富良之役，宥州之师，青岗、斯罗之战，龙横、青鱼之讨，君用命斗贼，摧锋夺隘，累以功迁府州威远都虞侯。崇宁四年，换授右侍禁，差充保德军沙谷渡巡检，在任，盗贼股栗，不敢入境。当以夹岸有江乡雅趣，秩满，遂谋居焉。大观元年，朝廷以君有兜和川斩首之功，转左侍禁。大观二年，该八宝赦恩，转西头供奉官。政和三年改授秉义郎。君向从军富良江日，尝冒瘴气，几于不救。后以年老旧瘴再发，医不能疗，政和四年十一月二十六日卒于家之正寝，享年七十一。君先娶刘氏，内殿承制刘公之女也，故赠崇德县君。继娶董氏，今封永寿县君。男五人：长为僧，法名道隐，受业于府州天宁寺；次曰知常，武艺精绝，宛有父风；次亦为僧，法名惠净，落发于保德军承天院，系名表白；次曰衡幼，居学校，升为外舍生；次曰徽尚；稚女一人，早亡，皆刘氏所出也。孙二人。卜以政和五年正月初一日，葬于麟州新秦县石堡岭之原，妻刘氏祔焉。君之行事，余熟知之。其子有请，义辞不克，因走笔为之铭云：
猗欤徐公起寒微，门闾高大生光辉。战功屡立闻帝闱，荣曳朝服脱戎衣。赤心报国天弗违，寿逾七十人亦稀。就葬先茔得其归，庆流子孙有所依。

金

折元礼

折元礼（约 1165—1221），字安上。金章宗明昌五年（1194）进士，官至延安（今陕西）治中。世为麟府经略史，后遂定居麟州（今神木）、府州（今府谷）一带，为"河西大族"。金宣宗兴定五年（1221），蒙古木华黎军陷葭州（今陕西佳县），元礼死难。

望海潮·从军舟中作

地雄河岳，疆分韩晋，潼关高压秦头。山倚断霞，江吞绝壁，野烟萦带沧洲。虎旆拥貔貅。看阵云截岸，霜气横秋。千雉严城，五更残角月如钩。

西风晓入貂裘。恨儒冠误我，却羡兜鍪。六郡少年，三明老将，贺兰烽火新收。天外岳莲楼，想断云横晓，谁识归舟？剩著黄金换酒，羯鼓醉《凉州》。

阿里根怀远

阿里根怀远，金人，正大五年（1228）三月在任河东路第二将兼知弥川寨事。

弥川二首①

其一

乘骖出宰寄弥川，极目荒芜古垒边。
漠漠塞云笼淡日，萋萋衰草欲霜天。
飘萍客梦三千里，游宦羁旅二十年。
黄耳不来家信杳，销魂慵染五云笺。

---

①标题为编者所加。此诗见神木市南40公里花石崖乡清凉寺石壁，诗前有题记。此石刻近八百年来少有人注意，兹表而出之，全文援录如下："仆生居全州路，承祖乃圣朝开国，袭封荫入仕，二纪游山东河北燕齐赵魏之间。后致北贼内寇侵凌，帝阙随銮南迁之汴，至兴定中数授斯职，未及趣装，葭芦已陷。至正大改元，闻恢复葭绥旧地后方之任，境内人物凋残，公廨全无，以至岩居穴处。观颓墉废井，瓦砾之场，触目荒芜，不胜销黯。所幸者，民淳事简，终日静对云山，胜于劳生矣。复思边者，国之藩篱。藩篱所以御狼虎，不以狼虎遁而废。藩篱寨南存崖窑一处，自北贼寇中原，邻近居民拒险。屡经贼犯，得以保全。昨因葭芦城陷，人民误受贼诱，致以失利。今虽恢复，狼烟未息，部民若雁蛇象，以何御之？乃语众曰：'要塞未修，城险未设，然有城无守矣。且池广城坚，则愚夫蠢妇足以守御。此崖窑固峻，薪水易给，可谓不失其险也。'众咸喜诺。于是庀材鸠备，谋划缮完，增之石洞云栈。真可维持，且群雄莫能措其手。比况者，人识贼伪，志益铁石之坚，崖增峻壮，势胜金墉之固。纵使客气十百倍，吾可安然坐视耳。乱成俚语以记其事。旹正大五年三月十一日河东路第二将兼知弥川寨阿里根怀远题，石匠王利刊，贫乐散人齐松龄书，司吏刘晖，公使人任俊。"另外，碑刻中的四首诗，目前不见载籍。诗中"弥川"治所即在今花石崖乡西部清凉寺附近。按《榆林府志》弥川砦在葭州北一百一十里花石崖北。《宋史·地理志》：地名弥勒川，元符二年（1099）赐名。东至黄河六十里，西至岢浪骨堆界壕七十里，南至弥川堡十五里，北至麟州太和砦三十里。

其二

字民弥勒古边城，寂寞谁怜冷宦情。
桴鼓柴篱呼典掾，鸣琴土穴列衙兵。
终朝幸对烽烟静，深夜全无犬吠惊。
煮茗邀僧消白昼，清闲一味胜劳生。

题崖窑二首

其一

萦纡一迳接云空，壮观山河百二雄。
坐笑瞿溏沉铁锁，何须函谷用泥封。
单雌守阨当千士，一卒持戈却万戎。
对敌安然谁可料，下渔他日论奇功。

其二

龙争虎战力疲穷，万井生涯若转蓬。
白屋有丁皆成役，黄堂无士得安躬。
飘零宦梗情何苦，摇曳归心意更忡。
屈指瓜期辰似岁，潜居岩穴继黄公。

神木花石崖清凉寺汉文石刻拓片

　　仆生居金州路，承祖乃圣朝开□□已陷。至正大改元，闻恢复葭绥旧地后方之任，境内人物凋残，公廨全无，以至岩居穴处。□所以御狼虎，不以狼虎遁而废。藩篱寨南存崖窑一处，自北贼寇中原，邻近居民拒险。屡□要塞未修，城险未设，然有城无守矣。且池广城坚，则愚夫蠢妇足以守御。此崖窑固峻，□识贼伪，志益铁石之坚，崖增峻壮，势胜金墉之固。纵使客气十百倍，吾可安然坐视耳。吾云笼淡日，蔓蔓衰草欲霜天。飘萍客梦三千里，游宦羁旅二十年。黄耳不来家信杳，销魂慵邀僧消白昼，清闲一味胜劳生。题崖窑 紫纡一迳接云空，壮观山河百二雄。坐笑瞿溏江涯若转蓬。白屋有丁皆戍役，黄堂无士得安躬。飘零宦梗情何苦，摇曳归心意更忡。屈指瓜

（释文/破破）

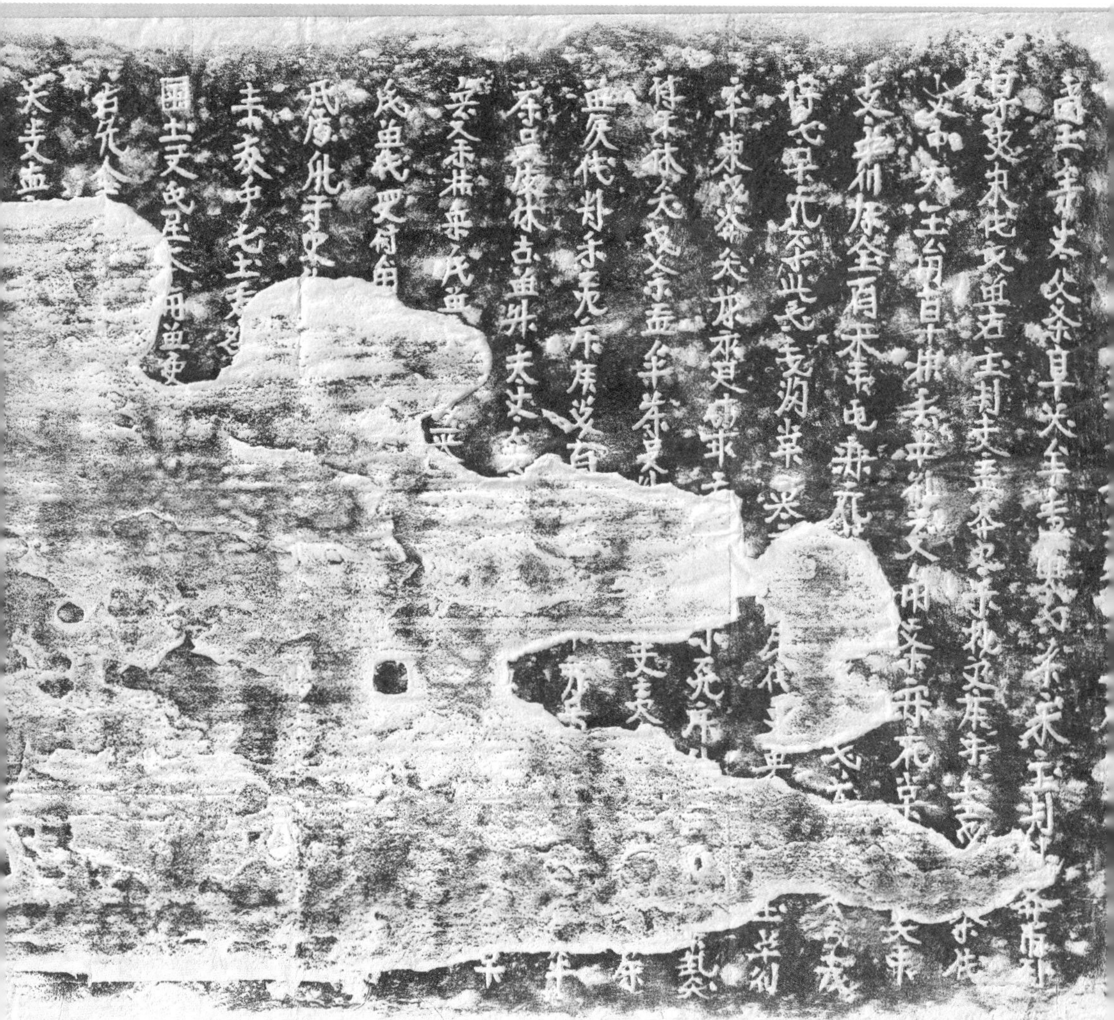

元

耶律楚材

耶律楚材（1190—1244），字晋卿，号玉泉老人，法号湛然居士，契丹族。元初杰出政治家，诗人。著有《湛然居士集》。

过云川和刘正叔韵①

西域风尘汗漫游，十年辜负旧渔舟。
曾观八阵云奔速，亲见三川席卷收。
烟锁居延苏子恨，云埋青冢汉家羞。
深思篱下西风醉，谁羡班超万里侯。

---

①耶律楚材诗中的云川今为何地，不确。或曰即神木窟野河。明清以来的诗人，经常以"云川"代称"神木"。

明

郑 真

郑真（约1346—1416），字千之，鄞县（今属浙江）人。洪武四年（1371）中乡试第一，授临淮县教谕，升广信府教授。研究六籍，尤长于《春秋》。著有《荥阳外史集》等。

送王以宁官神木①

同乡相遇说瀛洲，海阔天高白雁秋。
老我不禁霜雪苦，俸余应为买貂裘。
霜风吹晓过潼关，万迭青青塞上山。
淮海有人西望远，故园时许附书还。

①王以宁生平，待考。

曹 琏

曹琏，字廷器，郴阳（今湖南省郴州市）人，宣德四年（1429），以诗中乡试第一名。景泰六年（1455）以大理少卿参赞延绥军务，任延绥都御史。著有《裕斋集》。

神木东山

驼儿峰对五云州，地辟人闲景自幽①。
龙眼晓来红日射，香炉夜静淡烟浮。
河通窟野三千里，城废杨家几百秋。
漫步瞭高山上望，胡戎远遁息戈矛。

---

①据明赵廷瑞修《陕西通志》（上册）/ 三秦出版社 /2006.6，第 658 页，云州即神木。云州古城在神木城东三里，为元初所立，后废州为县。"五"盖谓"五彩"，"五云州"取吉祥意。

戴 珊

戴珊（1437—1506），字廷珍，江西浮梁人，天顺八年（1464）进士，授御史，督南畿学政，历浙江按察使、福建布政使，弘治中为左都御史。成化十年（1474）刻印过陶宗仪《南村辍耕录》。成化十四年（1478）曾任陕西副使，后升侍郎。

过神木

其一

兵将如云饱略韬，妙谟运处贼先逃。
如今河套三千里，莫使鸺鹠浪结巢。

其二

东西咫尺分秦晋，滚滚黄河入望长。
足迹半年周万里，白云飞处是家乡。

杨一清

杨一清（1454—1530），字应宁，号石淙、邃庵，谥文襄。云南安宁人。成化八年（1472）进士。明朝名臣，历任陕西巡抚，总制延绥、宁夏、甘肃军务，官至内阁首辅。著作有《石淙类稿》等。

神木道中①

未至府谷得山西胡宪副源梁诗，先是予与源梁约保德府谷为渡河之会，源梁先至以诗来速和韵答之。②

榆林东来神木道，我心扰扰风中纛。
病躯不任驰骤劳，况是长途阻霖潦。
眼前车马恨踯躅，梦里衣裳或颠倒。
当秋一雨近岁无，破屋家家蛙产灶。
至今潦润满庭户，蚁蛭纵横聚难扫。
人可胜天理则然，古有尧汤非羿奡。
吾皇忧民过往圣，德旨蠲租悯无告。

---

①此诗见《湖湘文库 沅湘耆旧集二》/（清）邓显鹤编纂/岳麓书社/2007.12，第193—194页。标题为编者所加。
②作者原题。

迩来天泽閟不流，赤地茫茫方苦燥。
顿使呻吟化歌舞，果然大命由人造。
知君命驾千里来，神交岂是私相好。
一官同拥绣豸服，矢心不愧皇天炅。
翻愁左顾勤撝呵，赖有先忧系怀抱。
晋阳一别六七载，如瞽伥伥借谁导。
龙门尚隔衣带川，意逐书邮已先到。
阳春下里本非类，木李琼琚浪酬报。
吁嗟伐木久不闻，友道苍茫竟凋耗。
人间此会苦难得，肯似山阴空返棹。
与君兴在希声前，不待冰弦已成操。
元龙大床吾欲卧，可听登堂窥寝奥。

才　宽

才宽，字汝栗，迁安（今属河北）人。成化十四年（1478）进士。阔达不羁，遇事明决。正德中官兵部左侍郎，擢工部尚书，总制陕西三边军务，正德四年（1509）战死花马池。谥襄愍。

题雀鹿图①

飞走山林遂所生，胡儿久不猎边城。
将军事业从来远，直上燕台勒姓名。

①此诗见清抄本《神木县志》。

安 金

安金，正德十年（1515），在任给事中，其余生平行实不详。

边行同戴参将①

行过千山与万山，万山尽处是边关。
人龙已将干城壮，塞马不来刁斗闲。
路里黄沙堆突兀，营前绿水响潺湲。
东巡犹是西巡事，更赖将军一破颜。

①此诗见清抄本《神木县志》。

赵　儒

赵儒①，字席珍，一字廷文，华阴人，居渭北里，自号渭北。武宗正德十一年（1516）中进士，嘉靖二年（1523），升屯田司郎中。十七年（1538），补永州知府，为官清廉，拒贪官之索，归乡讲学，寿八十九。善诗文，著有《渭北集》。嘉靖年间，修撰《华阴县志》。

神太道中②

羁旅连三月，乡关思益劳。
频费防胡眼，仍加战士袍。
路岐皆草地，风景尽弓刀。
莫言边塞苦，不久返旌旄。

---

①与这两首作者同名的还有明万历三年（1575）任神木教谕的陇西贡生赵儒，极易混淆，所以特别指出说明。这两首诗，应是华阴赵儒随明武宗于正德十三年（1518）出巡至神木时所作。

②明万历《华阴县志》卷八《艺文·诗》录赵儒《随驾边庭》诗，与清抄本《神木县志》中《神木道中》一诗稍异："羁旅连三月，相思午梦劳。路岐余草莽，风景尽兵刀。频费防胡眼，兼穿战士袍。谩言边塞苦，旦夕返旌旄。"

驼峰①

立马驼峰上，凝眸天际头。
一边形赖胜，两岸景长秋。
王国分雄界，天工设望楼。
不须忧备洁，险易已经收。

①驼峰即神木二郎山。

陈文沛

　　陈文沛，字维德，福建长乐人，正德丁丑（1517）进士，工部主事。历任外郎、郎中，奉使三吴，开白茅港，筑海盐塘，又督边储，皆有功，诏增其俸。后守抚州，谪苏州，所至治最。擢副使，霸州兵备，以陕西行太仆卿罢归。其归实太宰汪铉以私憾挤之也。家居二十年，不入城府，萧然或自嘲，终不改其操。

赠神木刘别驾①

曾闻刘禹锡，别驾此轩辀。
山斗飞盐泽，恩威播醋沟②。
鱼悬真节操，虎度果风流。
誉最应题座，还封博望侯。

---

①诗题后作者原注：恩斤公，盐池人也。编者注：该刘，待考。
②醋沟，水名，在盐泽。

赠神木令乔风原一律①

墨绶铜符博望侯，知之本来应名流。
贯星槎在阴山岸，随雨车停瀚海头。
泽本银麟沾百里，功兼铁马汗三秋。
老来词赋还为客②，好醉葡萄共倚楼。

阅神木马市③

噬嗑寰中道，撑犁塞外天。
明驼惟恐后，畴骑却争先。
芦叶挼鼙鼓，梅花落管弦。
非关耽腻货，奇正握兵权。

---

①诗题后作者原注：神木乃张骞泊槎处。编者注：该乔待考。
②"还为客"，清抄本《神木县志》作"还为容"，明显有误，故更正。该版志书手抄者常犯有许多类似的低级讹错，如将"范仲淹"误为"花仲淹"。
③此诗原有四首，此为其三。

神木县寒食二律

其一

柳无新叶杏无花，绝塞萧条近虏家①。
盘道城边咸祭扫，秋千院里各纷挐。
群成锦色排精骑，点入苍烟散曙鸦。
飘泊劬勷寒独食，却怜亲睹泛星槎。

其二

寒食寒食强自禁，况邻朔漠气萧森。
千家挂纸闻人哭，小队鸣笳送虏音。
戴鹖少陵曾隐几，随龙介子竟焚林。
明年此日萍踪定，岱岳西头汶水浔。

---

①虏家，据清抄本《神木县志》为"卤家"。"卤"通"虏"。《榆林历代诗词全集》篡为"庐家"，语义生涩，且有破坏平仄之嫌，特订正之。虏家，典出南北朝《折杨柳歌辞五首》："我是虏家儿，不解汉儿歌。"

奉赠神木道兵宪张公祖大石^①

其一

玄圃中流拥碧沙，曾闻突兀见枯楂。
势横龙宅兼蛟宝，气冲星文带月华。
茆土公侯元建国，汉唐郡县又承家。
整顿乾坤未了事，辕门新起立高牙。

其二

博望封侯事业尊，前身又是一张公。
昆仑直下落星海，阊阖平开吐谷浑。
好问支几石尚在，更寻卖卜布还存。
远来长揖惟弹铗，可醉葡萄琥珀樽。

①此诗见抄本《神木县志》。张大石即张守中，山西闻喜人，举人。隆庆五年至万历元年（1571—1573）任神木道。详道光《神木县志·宦迹》。该诗其二"尊、浑、存、樽"押"十三元"韵，唯"公"属"一东"韵，明显出韵。以将前鼻韵母"un"发作后鼻韵母"ong"之陕北话而言，则此诗完全合辙。《红楼梦》里史湘云曾抱怨，"十三元"韵窄，作排律只怕牵强不能押韵呢！事实上，历史上时有知名文人在"十三元"上栽跟头。其中最不幸者，却非"平生双四等，该死十三元"之高心夔莫属了。

张邦教

张邦教，字以宽，蒲州（今属山西）人。嘉靖四年（1525）进士，历官池阳郡同知、山东临清兵备副史、户部员外郎，陕西右参政、分守河西道，驻庆阳。后升陕西按察使。善诗，为官清廉果断、重文兴教。

神木道中

居人指点说麟州，远水长山映节楼。
似雁兜鍪罗外郭，如云禾黍遍田畴。
风光怜我尘侵鬓，世态从人棘刻猴①。
早晚残羌俱授首，归与不负旧盟鸥。

①棘刻猴，典出《韩非子》"棘尖刻猴"的故事。此处比喻，身在俗世，随波逐流，随人说短长等无奈境况。道光《神木县志》误作"棘到喉"，语义牵强，兹据清抄本《神木县志》订正之。

任 杰

任杰，西安人。初为延绥参将。嘉靖十三年（1534）三月，吉囊犯响水堡，参将任杰击败之。后以功擢延绥总兵。十九年九月，吉囊犯固原，周尚文败之于黑水苑，杰追击于铁柱泉，又败之。事见《明史·世宗纪》。又《延绥镇志》云：杰总兵宁夏，以才望调延绥，赏罚明信，谋勇兼长，为敌所惮。尤能制骄作懦，实名将云。①

雪中偶成②

二月琼花落马前，旌旗辗转过山川。
胡儿远遁无踪迹，帅我貔貅且自旋。

---

① 见《榆林府志》/ 李熙龄纂修 / 上海古籍出版社 /2014.11，第 495 页。
② 此诗见清抄本《神木县志》。

雷应鱼

雷应鱼，河南汜水人，选贡，万历八年至十二年（1580—1584）任神木知县。①

致仕神木②

游宦麟州过五年，归来林下守芜田。
花野村酒啼莺劝，醉听儿孙诵简编。

---

①雷应鱼，字一跃，金乡簿铠子。幼聪敏，善属文，屡试第一，隆庆三年选贡。任陕西神木知县，折狱精明，催科不扰。县有十三营堡，给饷均平，军士挟纩。居官五年，无一边警，比归林下，以吟咏为事，尝题壁间曰：游宦麟州过五年，归来林下守芜田。花野村酒啼莺劝，醉听儿孙诵简编。又曰：一帘风月随时赏，数卷诗书任意持。安乐窝中如许趣，不嫌人笑土墙低。见民国《汜水县志》。
②标题为编者加。

佚 名

高家堡万佛洞①

洞古千年石，山高万仞巅。
偶来攀上界，众像自森然。

①此诗见神木高家堡镇万佛洞门左墙壁，为凤川郭璜刻石。落款已风化漶漫，字迹
难以辨认。诗为编者2017年12月12日中午与诗友惟岗游该寺时抄录。根据神木文联所
编《远古文明的呼唤——高家堡石峁》所载民国照片，可知此诗作于万历庚寅年（1590）。

余之祯

余之祯，四川内江人，隆庆戊辰（1568）进士。万历十五年（1587）任神木道，留心政体，雅志兴文，官至甘肃巡抚。

秋日过贺氏仙洞四首①

其一

鹤发童颜八十翁，半山纵迹远尘中。
逢人曾授长生诀，笑指桑田沧海东。

其二

秋日登临引兴赊，苍林隐隐住仙家。
云盘鸟道凌空出，醉依高峰看落霞。

---

①贺氏仙洞，即今神木后坡村神仙洞。

其三

渡水穿林一径开，山头风景似蓬莱。
只宜跨鹤仙人住，未许凡夫道得来。

其四

绿水平原两作村，青山流水映柴门。
功成归去栖岩穴，傲依南山酒一樽。

范联芳

范联芳，字桂岑，山东黄县人，万历二十二年（1594）举人，四十五年至四十七年（1617—1619）令神木。范联芳长于四六文辞，所至诗酒娱乐，尝有"三千里外折腰苦，五十年来彻骨穷"之句。著有《牛马集》《开署俚言》《塞上吟》。①

翻范仲淹《题麟州》②

一统山河万里城，愿封丞相亦何轻。
若无烽火忧明圣，未必耕桑乐太平。

---

①范联芳简介见《山东通志》/孙葆田等撰/1969，第 4043 页。
②此诗见清抄本《神木县志》。

紫霞洞步石上韵四首并序①

紫霞洞，贺茂材栖息处。在骥麓山阿，距城四里许，平插云天，万碧山房文俯而下矣，中多名公石书，真仙境也。

其一

骥麓山坳遁世翁，仙仙长啸洞天中。
杜栈不管升沉事，花自开兮水自东。

其二

山林兴趣羡公赊，放鹤听鹂隐士家。
笑杀金门拖丝绶，争如石室卧青霞。

---

①此诗见《历代咏陕诗词曲集成·古代部分（下册）》/ 三秦出版社 /2007，第 552 页。紫霞洞，又名桃花洞、贺家洞、贺氏神仙洞，今习称神仙洞，位于神木后坡村（贺家坡）。明神木籍户部郎中贺荣游息处。洞口石上镌刻有"桃花洞口""人间天上""最上一乘""淡泊宁静""烟霞泉石"等字迹。正殿还刻有楹联："洞倚晴空云净天街堪问月，门开翠壁霞舒丹鼎共朝阳。"

其三

别墅天然图画间，鹿门风致恍蓬莱。
足音稀少山川静，樵径渔溪独往来。

其四

鸟道蜂房别是村，幽人尽日闭柴门。
无尘到处云中人，有客来时酒一尊。

送王瑞堂①入驼峰山②习静

自笑无闻鬓欲皤，羡君早已入岩阿。
只因癖静亲经史，不为逃人伴薜萝。
精舍何妨僧共话，虚窗惟许月相过。
泽文隐雾推玄豹，会出深山珮玉珂。

驼山纪胜赠王瑞堂③

驼山结屋可藏修，曾向崖头诧胜游。
二水奔朝清沁骨，千山共向翠盈眸。
分明秀甲寻常地，隐耀祥开十二楼。
寄语山林好庇护，神仙今驻小瀛洲。

---

①瑞堂，讳士麟，神木人，青鬓传文，襟裾潇洒，已儒明经，而志不屑廷试，旋里，即敕断家政，入邑西驼峰山藏修。余雅慕而自悔其征逐之误也，强成俚言赠之。
②驼峰山，即今神木二郎山。
③驼山，即今神木二郎山。此诗据清雍正抄本《神木县志》，与道光《神木县志》存在异文之处。

刘余泽

刘余泽，山东滨州人。万历二十三年（1595）进士。曾官延绥镇兵备副使，参与编著万历《延绥镇志》。

高家堡阅武二绝

其一

战气高张虎豹符，汉坛敌忾献夷俘。
只今震迭皇灵远，试问单于近塞无。

其二

雕弓玉剑紫金装，舍矢争穿百步杨。
佩甲能驰玉骏马，英风妒杀羽林郎。

万佛洞夜归①

玉洞郊开役五丁，驼峰岈嵝若为屏。
水涵迭嶂千寻素，烟霭层城万灶青。
宝树花香还驻目，珠幡光落忽疑星。
逃禅相对频呼酒，莲漏声残野骑停。

同徐副帅登驼山寺②

雨后青山物候新，荒城古寺净风尘。
千秋竹帛归麟阁，万里风烟赖虎臣。
金罍对时偏有兴，玉门何日是生春。
相逢莫话封侯事，一醉天涯属散人。

①此万佛洞，位于神木城东龙眼山。
②据《榆林府志》：驼山寺，即今神木二郎山（驼峰山）上寺庙。

佚　名

边夜闻笛①

横笛吟山调夜高，羁人一听泪盈袍。
如闻塞曲多凄切，但起乡心太绎骚。
铁岭任教山溜下，巴州不算峡猿号。
楼中依韵何时再，风雨灯前看宝刀。

---

①此诗见道光《神木县志》，另外两首佚名之作一为《榆林镇》：黄沙白草榆林镇，带水襟山千雉悬。薄暮城门归瘦马，趁晴屯户筑碗田。风抟塞色连银夏，云入川光接鄜延。东土偶来询戍将，鼓钲可似宪宗年。一为《归思》：归心一起宦情荒，只有君恩未遽忘。不为鹧鸪成却步，欲教醽醁早宽肠。北山似执移文笔，东郭如闻招隐章。少壮罢闲闲到老，定胜白发玉门望。县志编者原注：失名石刻三诗，今置孝子祠壁间，止剩一方，末尚有春日喜二弟来题："当年漫悔错谈兵，一日催人塞上行"二断句，下方遗失，姓氏无传，观其"可似宪宗年"一语，想为明成化以后人，俟考。

郑师元

郑师元，明直隶魏县人，曾任神木同知。据《河北历代文化人物录》，他是万历举人，曾知考城。创建砖城有功于民，升汝宁园同知。精于象律，得秘授能为军营大阵，善书方丈余大字。著有《明天正论》《兵论》二卷、《四以草》十二卷。

题神木万佛洞

三水曾迎御辇清，毅皇亲赐两峰名。①
西河七百山川地，秀气惟临神木城。

---

①这两句指明武宗正德十三年（1518）巡幸神木，赐名"二郎山"为"笔架山"，"纱帽山"为"凤头山"之故实。

清

施闰章

施闰章（1618—1683），字尚白，号愚山，又号蠖斋，晚号矩斋，后人也称施侍读、施佛子。安徽宣城人。清初著名诗人。顺治六年（1649）进士，官江西布政司参议，分守湖西道。康熙十八年（1679）举博学鸿词科，授翰林院侍讲，与修《明史》。

答俞达夫神木见寄①

尺书经岁达长安，恨别惊心破涕看。
古树冰霜春不到，炎天朱轮昼犹寒。
请缨虎穴孤忠见，倚剑龙堆独成难。
汉主还应思李牧，碛云边月路漫漫②。

———

①选自钟振振主编《清名家诗丛刊初集·施闰章诗（下册）》/ 广陵书社 /2006.12，第984 页。该诗所提到的俞达夫即俞亮，扬州人，康熙十年至十九年（1671—1680）任孤山守备。康熙十四年，神木叛将孙崇雅作乱，俞亮曾上《告急请兵疏》。见雍正《陕西通志》。

②该句作者原注：镇将叛时，独以守备抗节，使人间道请益兵。

尤 侗

尤侗（1618—1704），字展成，一字同人，早年自号三中子，又号悔庵，晚号良斋、西堂老人、鹤栖老人、梅花道人等。江南元和（今江苏苏州）人。清初著名诗人、戏曲家。曾参与修《明史》。著述颇丰，有《西堂全集》。尤侗生而警敏、博闻强记，多才多艺，顺治帝誉之为"真才子"，康熙帝赞其为"老名士"。尤侗晚年超脱旷达，仍不失风流倜傥之态。建生圹，常邀友好至生圹边饮酒取乐。

舟中阅定中六弟神木所寄诗，怅然有怀，却寄二首①

其一

江南一望白云天，何处秦关屈野川②。
春草只怜客梦断，秋风空倩雁书传。

①此诗选自《尤侗集·下》／上海古籍出版社／2015.05，第1464页。据俞文浩主编《斜塘镇志》方志出版社／2001.08，第383—384页：尤何，字定中，号贞岩，为尤侗胞弟。康熙十一年（1672）中举，授安徽黟县教谕，旋调任陕西神木县县令。神木县地处陕西北部，与蒙古接壤，地僻民悍，盗匪猖獗。官府追捕，盗贼常窜至境外，以之为患。尤何到任后，勤于政事，居官清廉，一方面救灾赈饥，体恤百姓，另一方面德教以先，晓之以理，喻之以义，人感其廉，民风渐淳。尤何操劳过度，病殁神木，死时，囊空如洗，几乎无钱入殓。清抄本《神木县志》记载他"宽和敦厚"。
②屈野川，指屈野河，一作曲源河，一名窟野河。《宋史》：麟州西城枕睥睨曰红楼，下瞰屈野河。宋司马光《温公文集》有《论屈野河西修堡状》。《九域志》：连谷、银城二县皆有屈野川。

对床夜雨长千里，分手家园忽十年。
正是孤舟人不寐，新诗读罢自凄然。

其二

我尝从事历边州，尔亦单车向龙头。
骨肉那堪垂老别，肝肠同结异乡愁。
但逢知己鸣长剑①，莫厌微官叹敝裘。
何日政成驰传去？燕台暂作竹林游②。

---

①作者原注：弟诗有《献张晴峰兵宪》之作。

②作者原注：珍儿在都。编者注：珍儿即尤珍（1647—1721），字谨庸，一字慧珠，号沧湄，尤侗子，尤何侄。康熙二十年（1681）进士，曾任翰林院庶吉士，并出任大清会典、明史、三朝国史纂修官。有诗集《沧湄诗钞》。兹录《寄六叔父神木县四首》：蓟门西望是秦中，云树迷离惊断鸿。忽见尺书天外到，相思一夜起霜风。秦关沙雪摧车轴，燕市冰霜绊马骢。一样严寒辛苦地，可知俱不似江南。玉门关外草萧条，快马轻裘看射雕。强似玉堂熱画烛，校书待漏夜迢迢。一门七叶久同居，家傍沧浪结草庐。拟制荷衣便归隐，竹林二阮好相于。

郭 棻

郭棻（1622—1690），字芝仙，号快庵、快圃，直隶清苑（今属河北）人。顺治九年（1652）进士，官终内阁学士。著有《学源堂集》。

挽神木道茶菴长句①

天地之间有三纲，人性之中有五常。
非五常之淳备，孰三纲之懋彰。
孝本乎仁，忠本乎义，历常变而愈昌。
唐虞至今四千载，人道赖以无存亡。
天泽名分无今古，危为忠而安为良。
良臣之出如卿景，忠臣之出如冰霜。
不曰甘节曰苦节，尽节之臣桂与姜。
青史累累廿一册，惟忠惟孝流其芳。
於戏近代多忠孝，九州济济首吾乡。
视死如归抗奸宄，浩浩正气容城杨。

---

①此诗见《学源堂诗集》。茶菴，杨三知，直隶良乡（今北京）人，顺治丙戌（1646）进士。康熙十一年（1672），任神木道，十三年（1674）死叛乱。时名流多有哀悼之作。如魏象枢《挽神木金宪杨茶菴尽节》：幸吐吾儒气，同人莫叹嗟。一身酬魏阙，万姓哭公衙。骂贼空留舌，招魂不到家。朱温何日灭，遗恨恨逐黄沙。

临难不苟从容死，文行双绝孙高杨。
远不百年近四十，烈烈继起涿水旁。
於戏荼菴亶至性，孝友啧啧传乡邦。
少年挟策对天子，释褐通籍令四方。
西方有县曰榆次，五年为宰憩甘棠。
雉驯虎渡政三异，建牙台使竞推扬。
戊子己丑边将叛，探丸斩木寇穰穰。
百十楼橹随风折，榆石屹然如金汤。
大将西征俘且歼，妇女多在官军行。
公为辨别为解脱，飚霾未遂折鸳鸯。
至今俎台奉汾水，岁时村媪奠椒浆。
循良报最擢粉署，含香视草司马堂。
声华奕奕冠枢府，天子命公巡巴江。
巴蜀曰有文翁化，谓公千载可与双。
含沙射影者谁子，颠倒六计溷苍黄。
时方建策破滇鬼，大将倚公如子房。
从军万里出奇计，重开宪署守点苍。
公眼能识禄山眼，解组庸第为奔丧。
起金秦臬巡神木，厥地由来是边荒。
公能辑抚氓与卒，公能弹压卤与羌。
城中守弁故降将，鹰眼未化犹光芒。
公正鳃鳃抱隐虑，惊传封豕突夜郎。
烽火直连巴与汉，思明盗兵鳄跳梁。
白翟之野多伏莽，揭竿蚁聚神松岗。

守将睥睨有异志，贼来白日开城降。
公方乘陴效死守，孰意城已复于隍。
贼渠诱公且胁公，愤目不见豺与狼。
责以大义发欲指，声振天地气激昂。
自分一身莫报塞，举室慷慨葬银床。
贼闻缒卒负公出，臂折奄奄席地僵。
苏息恚恨切其齿，况复拘禁严隄防。
食公不食饮不饮，呼天呼祖呼吾皇。
骂贼声声带奴狗，死当为厉褫汝强。
无笏可以碎贼面，有血可以喷贼裳。
贼知公志非可夺，屏人阖户惨相戕。
云昏日黯鸦叫噪，屋瓦震动响郎当。
呜呼我翁死得所，颜陆张许魂颉颃。
禁旅桓桓云中下，贼徒奋臂如螳螂。
挽抢迅扫鲸鲵戮，卖城之将卖其腔。
制府中丞交入告，神木监司死封疆。
九重览奏褒且悼，优恤不教拘典章。
赠公光禄子荫胄，予赙予祭予缥缃。
仲子从公仅身免，吁嗟伯鸾失孟光。
舁柩夜关归里闬，丹旐悠悠千里香。
於戏！闽越楚秦亘万里，谁能不愧旌忠坊。
公死可以存大义，公死可以表纲常。
公死诗书有生气，公死科第有辉煌。
乡之先贤足鼎峙，关西之裔两相望。

小子与公同井里，知君不愧梓与桑。
与公同登两试谱，知君不愧门与墙。
一旦闻公尽大节，崩心裂腑还赓飏。
公死不死有汗简，公亡末亡有北邙。
三鼎一卣为公哭，魂兮来格莫徬徨。

谭吉璁

谭吉璁（1624—1680），字舟石，以祖父尝为大夫，既仕，以小谭大夫自别。浙江嘉兴人。与著名诗人朱尊彝为姑表兄弟。清初，以诸生试国子监第一，授弘文院撰文中书舍人。出为延安同知。吴三桂叛，守榆林城。后迁登州知府。著有《嘉树堂集》《历代武举考》。

神松歌送府谷令杨介璜之官

昔闻汉使有张骞，乘槎直犯斗牛边。
乞得支机石一拳，往问君平在西川。
秋水何处空云烟，驾潮践浪疑神仙。
谁知博望凿空传，洸洋怪迂非真铨。
故老指示神松偏，独枝杈丫相郁骈。
霜皮百围蟠根坚，怪石岜崿紫磨圆。
云是张骞枕之眠，梦入玉绳阁道巅。
仿佛天孙云母䡐，硫黄织锦坠花钿。
至今石上生绿钱，不见黄河水通天，
惟闻山中呜咽泉。程子为令当鄜延①，

①程子指神木令程启朱。程启朱，字念伊，湖北黄冈人。顺治六年（1649）进士，八年（1651）任神木县知县，十六年（1659）升卫辉府知府。历有政绩，去后见思。留传有《程念伊诗一卷》，惜无歌咏神木诗文。

目击木石心茫然。余为问奇醉华筵，
穷搜冥探目无前。乃知古人多蹄筌，
如读庄生蝴蝶篇。近者杨公往莅焉，
问讯流辈徒戋戋。更闻黄河水回漩，
石花鲤鱼槎头鳊①，杨公操刀烹小鲜。
松庭风静抚朱弦， 占梦维鱼兆有年，
应与张骞槎共编。

---

①石花鲤鱼，产于神府佳吴保德黄河段。石花鲤鱼很有名，歌咏者颇多，葭州张金佩《石花鱼并序》尤佳。邓廷桢任榆林知府时，曾有"尝新饱啖石花鱼"之句，且另有赞诗《石花鱼》云：顿触烟波趣，边城见亦稀。柳穿银甲细，芦鲙玉肌肥。白酒云浆泻，黄河雪浪飞。秋风归未得，空自梦渔矶。有人为保护石花鲤鱼而代之劝语：食我者不肥，售我者不富。

王渔洋

　　王渔洋（1634—1711），原名王士禛，后人避雍正讳，改"禛"为"祯"，故又名王士祯，字子真、贻上，号阮亭，又号渔洋山人，人称王渔洋，谥文简。新城（今山东桓台县）人，常自称济南人。清初杰出诗人、学者、文学家。以著作《渔洋诗话》而闻名天下。

杨荼庵金宪闾门殉节诗①

西来鼙鼓震秦川，神木城头火夜然。
直向重泉寻八口，居然一死动三边。
飞书大将论功日，啮齿孤臣入地年。
仿佛井干明月下，苔痕零落听啼鹃。

---

①选自王士禛著《渔洋精华录集注（下册）》/ 齐鲁书社 /2009.04，第 717 页。题下作者原注：讳三知。良乡人。顺治丙戌进士。神木道金事。参将孙崇雅叛，同妻妾二女赴井死。赠光禄卿。

田 雯

　　田雯（1635—1704），字紫纶，一字子纶，亦字纶霞，号漪亭，自号山姜子，晚号蒙斋。山东德州人。清初大臣，诗人。诗与王士禛、施闰章同具盛名。著有《山姜诗选》《古欢堂集》等。

中宪大夫陕西神木道按察使司副使陈公觉庵墓志铭(选铭)①

长河之浒斜阳悬，老柏铁干生寒烟。
中有陈公之墓田，内蛇外蛇伤不全。
新鬼旧鬼家其间，狐狸画语鸥夜眠。
过其下者闻哀猿，乍疑掷筝弄管弦。
再一听之涕泗涟，六龟四绶公生前。
白衣苍狗八十年，四周板上草连天。
泰山鸿毛落言诠，彭殇一理吾悲焉。
橐余沽酒青铜钱，一滴何曾到九泉？
丰碑二丈高丘巅，旁有流水声潺湲。
我作诔辞惭如椽，聊代楚些招魂篇。
吁嗟陈公后世传。

---

　　①陈洪谦（1629—1697），字宪宸，号觉庵，清德州（今德城区）人。清顺治五年（1648）中举，十六年（1659）考取进士，初授四川峡江县令，后历任江西抚州同知、袁州知府，康熙二十一年（1682）任陕西神木道，慷慨任事，所至以才干称。

玄 烨

　　爱新觉罗·玄烨（1654—1722），即康熙皇帝。康熙三十六年（1697）农历二月，为平息噶尔丹叛乱，康熙御驾亲征，前往宁夏，三月初四驻跸神木城郊，被俘获的噶尔丹之子塞卜腾巴尔珠尔被押送行营。初六至柏林堡西南驻跸，初七驻跸高家堡。

赐云南鹤丽总兵郝伟扇一柄题诗①

罢猎归鞍早，乐施命大官。
分餐不畏冷，只恐夜间寒。

---

　　①郝伟（1653—1718），神木城关人，清朝绿营将领，为康熙所宠爱，官至云南鹤丽镇总兵。其"有奈无奈，赤脚跑在五寨"的故事在神木流传甚广。

刘德弘

刘德弘，后人避乾隆讳，改"弘"为"宏"，故又名刘德宏，字毅公，别号芥弥子。奉天开原（今属辽宁）人。荫生。康熙十五年（1676）任涿州知州，宽容敏练，案无留牍，狱鲜滞囚。十六年（1677）主持编修《涿州志》，十八年至二十一年（1679—1682）任神木同知。

神木八景①

龙眼晓日②

龙山列阵护边城，头角峥嵘薄太清。
况有双眸穿晓旭，临为荒漠起文明。

虎头秋风③

沙碛漠漠古战场，虎头雄崎密清防。
秋高风动霜威凛，镇得金瓯万载长。

---

①此组诗见清抄本《神木县志》。
②龙眼山，在神木城东南方。据《陕西通志》记载，上有二穴，穿透如龙眼。故名。
③虎头山，在神木城东，一峦特立，若虎之蹲踞状。

笔架春晖①

驼峰起伏似惊翔，笔架更名玉藻章。
春来芹窟中涵浸，窃有人和输墨香②。

香炉暮霭③

阴阳为冶石为铅，阊阖飞来气自烟。
丁缓九层今在否，梃梃此物独岿然④。

纱帽耸奇⑤

龙脉迢迢百里来，形如飞凤势徘徊。
何当驻跸更标锡，冠绶蝉联世胄开。

---

①笔架山，在神木城西南方，一名驼峰山，又名二郎山，民间习称西山。山之首尾皆峻，中稍低凹，俨若驼峰。据《关中胜迹图志》记载，明武宗朱厚照正德十三年（1518），临山观形，赐名笔架山。纵是皇帝金口玉牙，至今民间仍称"二郎山"。

②芹窟，指芹河与窟野河。两河交汇于二郎山山头前。

③香炉山在神木城东北方。传说，每当初一、十五日均会有三炷青烟直上云霄，自南蛮盗宝后，始不见此景。

④据《西京杂记》，丁缓为汉代长安（今西安）巧工，曾作九层博山香炉，镂为奇禽怪兽，穷诸灵异，皆可自然运动。

⑤纱帽山，在神木城东北方。据《通志》记载，明武宗朱厚照赐名凤头山。

锦屏叠翠①

丹崖翠壁锦屏风，白鹤山中景象同。
上有高人栖隐洞，何人不羡是真鸿。

沧窟合襟②

边山万叠渐东流，赖有双演气欲收。
水利衡防何策是，人人惆怅不胜愁。

芹河特纪③

芹河滔滔映夕霞，旋还笔架浪生花。
特来包带山川秀，一路风光似永嘉。

---

①锦屏山，在神木城东虎头山南。山形峻峭，布列如屏。丹翠四时不改。泗沧之水绕其下。山有神仙洞，道光《神木县志》：一名贺家洞，洞口凿"人间天上"四字。
②沧窟合襟，指泗沧河与窟野河交汇。据道光《神木县志》，泗沧河在神木城南四里。由城东五十里铺沟入境，东西环绕至城南，入屈野河。锦屏叠雪景色亦佳。
③芹河，在神木城西北方位，在二郎山山头下与窟野河交汇。据清李熙龄纂修《榆林府志》，此芹河即兔毛川。

登驼峰留韵

驼峰山上夏如秋，左右长河涌浪流。
凭吊昔年成往事，几人谈笑话封侯。

陈光祖

　　陈光祖，直隶通州（今属北京市）人，贡生。康熙二十二年至二十七年（1683—1688）任神木观察。廉惠爱士，民咸感之。去任后，立像以祀。名列清抄本《神木县志·名宦》。

题东郊怡旷轩四律①

其一

久薄冠裳意，林泉兴自开。
亭台初卜筑，岩壑好相陪。
檐敞看云度，窗虚待月来。
倚栏频眺望，心目洵幽哉。

其二

是处堪行乐，何须绿野堂。
鸟啼疑有韵，客坐暗闻香。
雨后千山翠，春来百草芳。
偶栽彭泽柳，惭愧说甘棠。

---

　　①怡旷轩，在神木城龙眼山下。康熙二十六年（1687），神木道陈光祖，同知陈昌国、知县尤何兴建。

其三

出谷寻幽胜，东山景自奇。
晚烟深漠漠，远浦绿弥弥。
眼界从兹阔，襟怀到此怡。
欲吟还搁笔，崔颢已题诗。

其四

不为浮名绊，那从紫塞游。
官贫心自适，才涩境偏幽。
清梦悬三岛，闲性付一邱。
凭虚天路近，何必上层楼。

陈昌国

陈昌国，福建上杭人，康熙二十六年至二十八年（1687—1689）任神木管粮官。治尚恬静，诗赋流名。曾在神木城南白龙寺山下创建杏萼院。事见清《神木县志》。

游杏花滩六首①

其一

出郭东看杏花开，花外盘桓酒几杯。
转入桃溪春寺静，山光鸟语悦人来。

其二

碧溪红杏映朱栏，二月春归气尚寒。
不道支公飞锡至，喜谈风月卧云峦。

---

①杏花滩，即单家滩，在神木城南，今为公园。杏花滩摩崖石刻陈昌国"枕流漱石"行书大字，今已残缺不全。

其三

赏心乐事境谁无，选胜携宾独愧吾。
记得梁园风月夜，十年游戏存南湖。

其四

春风披拂柳花颠，燕语莺歌最可怜。
劳吏登临无着眼，素心期与水云眠。

其五

春深昼永喜官闲，荒院重门总不关。
静坐有宾须置酒，看山无日不开颜。

其六

淡李浪桃树树浓，吾衰贪看翠花重。
百年将至成何事，且结茅斋傍石峰。

尤 何

尤何（1633—1691），字定中，号贞岩。江南元和（苏州）人。清初著名诗人尤侗胞弟。举人。康熙二十六年至二十九年（1687—1690）任神木知县，居官清廉，深为民众爱戴。尤何病逝任上，神木道张衡作诗《哭尤定中县令》：悬鱼清味绝槎头，负土人争立寝丘①。无那官山还旧坞②，桐乡遗爱是麟州。

和陈司马原韵③

其一

三月南郊杏蕊开，欣然携伴共衔杯。
班荆宴坐花枝下，阵阵香风拂面来。

---

①张衡原注：柩停署寝，土人砌石为圹，不忍移出，亦见其得民心也。
②张衡原注：君先垅在官山坞。
③陈司马，即陈昌国。此组诗见清抄本《神木县志》。清褚人获《坚瓠集》中《水能辟邪》一文载一则尤何官神木时审讯遗事。援录如下：五行各有利用，而水更能辟邪。如人出行，舟楫及旅店中，夜卧贮清水一盆，则阃香无效。又闻狐狸亦畏水，不能越水而渡。若疫气侵延，遇大雷雨，亦可消止。吾郡尤定中何，康熙乙卯孝廉，选神木县令。一日审一道士奸状，极其刑讯，了不知痛。一更教以清水贮前，喷道士身，出县印照之，一讯吐实。书之以备延鞫者之一助。

其二

山为屏障石为栏，深谷淙淙流水寒。
小寺禅僧多逸兴，绿杨村里看烟峦。

其三

绝塞荒凉乐事无，怡情山水坐忘吾。
何时醉卧虎丘月，一棹烟波泛五湖。

其四

烟云缭绕满山巅，乘兴遨游亦自怜。
纵有林峦堪啸咏，肯留劳吏共高眠。

其五

最爱山居竟日闲，而今鞅掌滞边关。
杏林花发春光满，暂向花前展笑颜。

其六

载酒看花乐意浓，春山绿树影千重。
徘徊坐眺烟光晚，落日红云映远峰。

张 衡

张衡（1632—1705），字友石，一字晴峰。直隶河间府景州（今属河北）人，清顺治十八年（1661）进士，曾任浙江学政，主纂《浙江通志》50卷。康熙二十七年至三十六年（1689—1697）任神木道，创修希文书院，振育人才，留心政务，执法如山。因见神木城南单家塔春来杏花绚烂，遂改其名为"杏花滩"。今杏花滩摩崖尚存其擘窠篆字石刻"浣云"，落款"广川张衡"。有《听云阁集》传世。

杏花滩

滩距城七里，杏数十株，斜布滩上，抱以重岩。每遇夏秋之交，奔流环趋，树影波光，蒙茸掩映，不减桃源洞口。余与周公望总戎、陈北山司马、尤贞岩县令，揽辔搜奇选焉，然未有标题也。春初赍表京华，凡两阅月。返辔，询问花神，已冉冉逐东皇去矣。喜公翁与二子纪游唱和，双钩上石，顿令岑寂郊坰开生面。锡嘉名，因慕盛举，率酬芜句。

其一

边城寒雪带沙飞，几见春晴弄日辉。
我欲探幽寻杏雨，孤筇寥落故人稀。

其二

性地元来一事无，好从幽境辨真吾。
个中衲子差同懒，枯坐花前月满湖①。

其三

春入莺招坐远坰，蒲桃椀绿映青萍。
彩笺据地分清韵，愧我醺醺日未醒。

游杏花滩偶成三律

其一

山城掩映翠烟霏，水郭新开试袷衣。
揽胜每思桃叶渡，销魂初到杏花矶。
轻匀红颊杨妃醉，细点香泥燕子飞。
同调几人歌白雪，放怀酬和莫相违。

①作者注：滩上僧名如目，初来卓锡于此。

其二

几曲溪桥散碧流，一春花鸟趁芳邱。
洞中古屋连乔木，岩下疏钟撼佛楼。
风定还疑飘杏雨，官闲浑欲伴沙鸥。
相期载酒频舒啸，传语苍生好共游。

其三

出郭轻尘带雪騧，不知看竹到谁家。
千年宝塔随烧劫，几簇琼林斗绮霞。
素女娇过村巷卖，黄鹂声送酒帘斜。
上林宴后开何似，行乐从今在水涯。

春暮同周公望宴集杏花滩①

杏林深处好留春，牵惹余芳兴又新。
急雨嘈嘈翻越谱，回风奕奕起梁尘。

---

①周公望，即周文英，浙江永嘉人，康熙九年庚戌科（1670）武进士。康熙二十七年任神木协副将。康熙三十六年农历二月，为平息噶尔丹叛乱，康熙御驾亲征，前往宁夏，三月初六驻跸神木县高家堡。当天，升周文英为四川松潘总兵官。周文英曾在杏花滩摩崖石刻："得声寓色"。另，道光《神木县志》载其《游杏花萼院》一诗：闲游喜际半阴天，绿树孤村炊暮烟。景物偏宜归欲待，临行不忍马蹄前。

红衿燕子依人惯，黄嘴莺儿学语频。
几见清明好天气，双柑斗酒慰花神。

屈野河同周都督公望观瀑

噫吁嘻，屈野之流何其速。
上有拍天坼地吞星浴斗之裂渎，
下有百川东觐争趋海若之奔逐。
狂澜无定候，一时勃然蹙。
昨夜腥风冥，虬驾冲崖谷。
漴漴怒湍成垣暮，居民逡巡不敢渡。
闻说采薪河上死，愁云渊漫那可诉。
童叟携将看颓澜，我亦沙头借一观。
城上击柝旌竿动，城下葳蕤已闭关。
崆峒长剑方徙倚，取钥帅辕清未寐。
笼街火炬耀两行，呵殿飞传将军至。
既共济以遄征，喜良夜而并辔。
长川一望何茫茫，流去青天明月光。
雷辊电掣破冥荒，分明三峡倒瞿塘。
鼍窟鼋宅吼且舞，疑有冯夷来击鼓。
耳边砰訇目眩骇，狮豹争搏啮群虎。
又疑蚩尤初陷阵，戟盾蹴踏神色沮。
忆昔听潮醉武林，海天澒洞秋气深。

又忆鼓棹瓯括浔，沙嘴晴波漾縠纹。

须臾千山蛟龙战，破舟卷篷飞如霰。

至今梦想意还恶，十年于兹称再见。

噫吁嘻，奔腾喊虓地轴坏，

盘涡巨石触神怪。

可能拔此石兮，填彼阙限之世界，

小民利涉，褰衣不用乘舆载。

大为眼前英雄增气概。

麟城观山市歌有序①

山市，巧云也。每逢六七月，变幻百出。烟林浮图、台榭城郭、庐舍桥梁、山川飞走之物，无不宛肖。夫云，生于山。山者，云之母也。五原界在沙漠，堆阜童赪，安得奇峰秀岭，生宁馨彩霞耶？名之曰市，似与海市并耀。奇观乃从无标题，竟不得与雊雀形化竞甲乙于笔端？岂非远落荒岑，难于自见乎。余于是有感云。

噫嘻！边城愁绪何其多，

浇愁日倾金叵罗。

山上雯华结山市，差堪俯仰任婆娑。

不知何年辟此景，天工巧作蓬莱影。

---

①山市，即神木人所说"现山"。有时在夏秋之际，日落之时，神木二郎山上空云霓突现此山形状，且宫殿、庙宇、树木与此山十分相似，当地人把这种现象叫做"现山"。此殆即文人吟咏的"笔架蒸霞"。但凡"现山"，三日之内必有大雨。此种自然奇迹，现在亦偶可一见。

窈窕烟树凌青霄，杳霭宫阙开云屏。
或如冠缨联赤珠，或如洪涛涌舴艋。
或如孤城裂粉堞，或如飞甍跨碧岭。
缥缈幻象唯所变，苍狗奔豚在转盼。
我闻海上有蜃楼，东坡先生能一见。
岂知边荒堆赪童，日日云头供娱玩。
又闻分野应方星，土物腾精判流形。
秦楚燕韩随区辨，牛马衣裙各有情。
山出为草莽，川暎是鳞鲤。
旱成烟火雨成水，今之见者将谁是。
安得雇虎头，驱墨写神理。
安得王摩诘，赋诗抉精髓。
吁嗟！我诗未工画难求，空教云物写沧州。
苟非灵心妙会，胸藏世外之壑丘，
眼前所见皆牛溲。

神木阅城柬周公望总戎

云州古戍大河西，揽辔高城卫羽齐。
龙眼空玲开曙景，驼峰巀嶪驾青霓。
升平区宇留弦诵，朴懋乡风接络鞮。
怪得烽烟青塞下，帅坛秉钺有濂溪。

麟城忧旱

塞上土俗轻积贮，日日羊皮换稆黍。
风沙烟碛早迎寒，岁稔才能饭亚旅。
骄阳亢阴愆三时，曾无纤云玷空宇。
自夏徂秋势愈炎，西山皑皑赭桑田。
群兽迷罔奔促界，草木郁蒸悷欲然。
野老吞声喝南亩，禾稼萧条半枯朽。
洪川渐豁成龟坼，云根焞灿堪炙手。
嗟予走告日复夜，跣足步祷神龙下。
儿童插柳来阛阓，更忍尪魋暴朱夏。
适来贩夫过榆阳，担头驴背缠粟囊。
斗米斗钱争攫哄，踉跄排挤僵道旁。
大河迢迢戾鸿雁，襁幼扶耇集何乡。
噫嘻，天公何不愁遗黎，云汉郁轸晦虹霓。
豚蹄不敢祝盈簋，但愿轻埃滋稗稊。
神理冥冥固难格，沈璧焚巫终何益？
古来明德荐馨香，尚搴予诚感灵泽。

屈野观水步公望韵

雨歇川原溃，洪涛贾勇来。
触山成怒吼，断岸起奔雷。

白雾愁千丈，虹桥虑一推。
临流思电目，水府若为开。

灯夕戏句

今夜麟州月，真堪斗物华。
雪萦青冢草，煤衬黑山花。
舞袖回番锦，歌喉润酪茶。
坐看寒律变，火树放春葩。

九日集杏花滩苦风归饮署斋

其一

寂历山蹊接上方，荒岑也自度重阳。
鹤林寺里花神珮，戏马台前帝子裳。
无那凄风欺柳鬓，何堪败叶扫萸房。
归来云筑华灯乱，菊影离离引兴长。

其二

白发犹惭羁朔方，感怀时序又重阳。
登高此日分萸佩，拂袖何年制菊裳。

彩笔输君追大令①，赤文知我愧君房。
天涯更自怜同调，与尔心期味正长。

久旱喜雨

三春虬驾鞭何处，秋老还看度五原。
叶上沾濡明露颗，滩头奔注醒云根。
红楼槛外催新句，白草坪前认旧痕②。
且喜帘栊清夜夜，明年粦麦是生恩。

土物

渐能甘僻陋，土物见天功。
榆撒珠盘绿③，盐堆玉粒红④。
晴湍知塞雨⑤，春暖受腥风。
吹律边方异，均涌大造中。

_____

①作者夹注：署友王中朗为予书匾联，故及之。编者注：张衡诗文提及王中朗之处
颇多，详见其《听云阁集》。
②红楼、百草坪，均为麟州掌故，可参见本书文彦博诗。
③作者夹注：榆荚肥大，可果，似榛。
④作者夹注：边产红盐。
⑤作者夹注：城下屈水远通塞外，或时晴霁，激湍骤来，则知番地雨发也。编者注：
屈水，即窟野河。

岚阁漫兴①

其一

冰署甘萧瑟，凭高兴亦奢。
山庞云作寺，地懒石能花。
积雨凝窗碧，微寒怯幔纱。
边方炎气少，七月啜罗阇。

其二

官闲无与伴，吟啸对孤檠。
摊饭藜床稳，浇书竹叶清②。
天光秋欲沐，云影夜还明。
性地原无滓，枕流笑子荆。

其三

用拙从吾懒，笼铜晚报衙。
抛书寻睡课，把酒问生涯。
韵罄怀流水，柔毫忆画沙。
徘徊山雨过，决决溜松花。

---

①倚岚，张衡任神木道，所取衙署阁名。
②摊饭，午睡；浇书，晨饮。典出宋陆游《春晚村居杂赋》诗之五：浇书满把浮蛆
瓮，摊饭横眠梦蝶床。

庚午秋杪,有长安之役,周都督公望饯郊原,行围射兔,驰送十里,诗以谢之①

我劳不复嗟行役,祖帐何烦戒仆夫。
白草坪前罗翠釜,锦屏山下走韩庐②。
前禽沥血材官送,野店烹酥介马趋。
此去长安回白首,知君有梦亦踟蹰。

乙亥上元,同邹守、蔡令,宴集洞楼观剧③

其一

献岁笙歌罢,上元蜡炬传。
妖妆迷魍魉,祛服耀神仙。
括尽贫家粒,空成抱月眠。

①庚午,此即康熙二十九年（1690）。周公望,即周文英,浙江永嘉人。康熙二十七年至三十六年（1688—1697）任神木副戎。

②白草坪、锦屏山,皆神木景物。见前注。韩庐,即韩子庐,传为天下跑得最快之犬。

③乙亥,此即康熙三十四年（1695）。邹守,即邹文亭,时任神木参将。蔡令,即蔡国相,字恕庵,直隶顺天人,监生。康熙三十二年至四十年（1693—1701）任神木知县。洞楼,疑即今神木城凯歌楼,俗称大楼洞者。

未能惩俗陋，翻与醉琼筵。

其二

不夜春城丽，羌童应节新。
坊开投火鼠，緪跳簇金鳞。
未拟黄柑赠，争夸白堕醇。
那知兰殿里，撒荔斗宫人。

其三

老去情何极，春来兴复奢。
虾蟇舒朏魄，鹦鹉醉流霞。
妃子交河辔，乌孙汉使车。
扮来千古恨，大半是龙沙。

和庞雪崖舍人寄怀原韵[①]

其一

梦断长安驿路赊，边城风雨对龙沙。
三春白草迷归燕，五月黑山见雪花。

---

①庞雪崖，即庞垲（1657—1725），字霁公，河北任邱人。康熙十四年（1675）举人。荐鸿博，授检讨，官福建建宁知府。

其二

挥手樽前放醉歌，銮坡佳兴近如何。
苑花自映仙郎署，塞柳难青屈野河。

羁迹麟城，久有去志，今愈愆，才言归，已梦绕白云矣，作五忆诗（选二）①

忆雷琴

　　藏琴斫自雷威，千年物也。不忍携赴边署，鲍系久矣，诗以慰之。

乡心已系白云边，倦羽翛翛犹未还。
寄语雷琴须谅我，薰风迟尔换冰弦。

忆方竹杖

　　往游婺州，得方竹，截为杖，铭而刻之，置东斋十年，今老矣，思倩扶曳，故及之。

---

　　①麟城，麟州城，即今神木。

儿童拍手笑龙钟，酾酒云州谢两峰①。
莫向秦关悲嵘峙，棱棱靠壁有方笴。

春迟

二月春光著意新，五原雪碛自嶙峋②。
孤城日淡饥鹰下，断岭云眠痴虎蹲。
揽胜空怀蓁碧府，挥毫欲破摘星珉。
老年自愿迟春色，无那都诜胃满尘。

丁丑春，以年满七十，告归田里

自惭沦误久，解鞚是君恩。
剩有花滩月，清光照五原②。

①五原，神木地方汉时属五原郡，故后世文人多以"五原"称神木。
②作者夹注：驼峰，龙峰。编者注：驼峰，今神木城西二郎山；龙峰，今神木城东龙眼山。
③神木有杏花滩，游观胜境，予有诗记勒石。

赵光荣

赵光荣，陕西神木柏林堡人，监生，康熙期间著名将领赵弘印（宏允）之子。历官莱阳知县、涿州知州、遵义知府。为官清廉，深受民众敬爱。雍正二年（1724）九月，遭四川巡抚王景灝参劾而休致。

王贞女①

从古溯芳姬，阿谁堪不朽。

宁推织锦苏，不数丸熊柳。

惟有共姜赋柏舟，至今脍炙千秋口。

巴蜀岩岩百尺城，王家有女非人情。

寡鹄孤鸾初未嫁，事亲立后何铮铮。

吁嗟！失所天翻，欣侄犹子。

杳杳泉台不可追，那能徒作捐躯死。

姑嫜白首相依恋，得妇如儿悲少闲。

春风秋月有盈虚，雪窖冰天人不变。

譬如光明烛，清光隐隐照幽曲。

①此诗见江北县县志编纂委员会编纂／重庆市渝北区地方志办公室整理／《江北县志稿》（上册）／2015.01，第373页。诗题下原注：遵义守赵光荣 麟州。

既可耀王公，还能照蔀屋。

芳名垂万年，新诗盈尺牍。

角枕虚陈玉树摧，妆台不照双鬓绿。

又如寒谷冰，纤尘不染丰骨清。

截发与割鼻，后先共峥嵘。

匪席兮卷卷，匪石兮硁硁。

寸心惟有天地知，岂为千秋身后名。

古来女史不多传，何幸渝州今再见。

泼墨濡毫赓德徽，旌章应出光明殿。

单家滩造纸①

家家碾玉浆，户户贴粉墙。

此地皆侯爵，惜无钱看囊。

────────

①此诗疑为托古之作，因具有一定的艺术与文献价值，酌录于此。曾几何时，神木城有"四鬼"：卖炭的黑鬼，卖菜的绿鬼，卖泥的红鬼，卖纸的白鬼。可见这四种行当从业者的艰辛。单家滩造纸，在过去很有名。相传，康熙三十六年（1697）三月，玄烨皇帝西征葛尔丹驻跸神木杏花滩，见此间造纸盛况，想起纸的发明者蔡侯（蔡伦），便戏谑：此地皆为侯，惜乃穷侯。玩笑过后，他依然为底层人民孜孜矻矻的劳动精神所感，御赐对联：水池中鱼龙变化，竹帘上时刻生金。关于神木单家滩造纸，可参看武绍文《蔡伦的纸艺和精神——杏花滩传统造纸采风随感》。

折必宏

折必宏，神木栏杆堡人，清康乾年间武生，书法家。凡名家帖无不临摹，都中评其墨迹为关北第一。

劝世歌①

贫莫忧愁富莫夸，谁是常贫久富家。
阿房贵卿今不见，比富斗权两晋垮。
草木经秋黄叶落，每遇春来又发芽。
皇觉寺里乞食儿，大明开国帝中华。

---

①此诗是 2018 年 5 月 29 日上午，在神木王府酒店，乔振明先生为编者讲折必宏提到的。编者问来源，乔先生说是他的朋友王效佑知道。编者联系了王先生，他说自己在笔记本上记下此诗已多年，但没记出处，现在很难回想起来。编者上网检索，发现此诗版本很多，常见于各种治家格言，一般只有前两联，后两联应是折必宏原创。后笔者见杨文岩先生《神木九龙山龙腰龟迹胜览》一书载有此诗，联系杨先生，他说此诗以前不见载籍，盖系神木文人声口相传。标题为编者所加。

周　岐

周岐，汉军镶红旗人，由监生雍正三年（1725）六月内捐知县即用，雍正六年至乾隆六年（1728—1741）任神木同知，后升任四川保宁府知府。[①]

游杏花村诗二首

其一

缓步寻芳作胜游，柳藏小鸟韵啾啾。

溪边野老闲闲话，农务山村事事幽。

万迭远峰衔落日，一湾春水待垂钩。

花茵迭坐忘归去，舒觉襟怀别有秋。

其二

惜花相订契花期，重过山村兴更宜。

影入杯中红晕浅，光分苔上绿痕移。

山泉仍旧穿林去，堤柳依然拂径垂。

把酒莫辞今日醉，试看云外夕阳时。

---

①周岐履历见《清代官员履历档案全编·1》／秦国经主编／中国第一历史档案馆藏／华东师范大学出版社，第76页。周岐，汉军镶红旗人，年三十四岁。由监生雍正三年六月内捐知县即用，六年三月内云南按察使赵弘本保举吏部带领引见，奉旨交与陕西总督岳钟琪同知试用。雍正对他的考语：大汉子，直率粗人，恐不实在，到（倒）似有良心。周有德当年云南总督之孙。全过篇，未考，荒疏了，宜武之像。中上。2018年6月21日，编者与神木文友党长青，十指为林、杨虎等同游杏花滩，见摩崖尚存周岐"只在此山中"石刻。如今摩崖下面的溪流已为道路覆盖，石刻伸手可及。

王赐均

王赐均（1745—1825），字桐封。神木城关人，陕北特色美食和菜饭的发明者。由举人任甘肃镇番县知县，升秦州知州。时当河州逆回之变，督帅驻秦，委办粮台无缺误。历升庆阳、宁夏知府，告归，卒年八十一。赐均为人刚直，而惠待桑梓，在任时命弟赐垲，捐廉银一千两，倡建兴文书院。乾隆四十八年，岁歉，复捐银千两，里人至今称之。尤工书法，有临争座位及书谱，镂板行世。见道光《神木县志》。

神木八景①

猛想起古麟州，又想起杏花村。
驼峰生辉对纱帽，一山五洞九条龙，龙眼放光明。
锦屏叠翠在山根，香炉雾霭清气生。
虎头山势真雄壮，窟野水响赛雷声，家乡好风景。

---

①此诗见张希纲《为官清廉 扶贫济困：王州官轶事》一文，载《神木文史》/第4辑/1989，29页。

王文奎

王文奎（约1746—1805），江苏常熟人，由举人乾隆四十六年会试后挑选一等引见，奉旨以知县用，签掣陕西。乾隆四十九年至嘉庆十年（1784—1805）任神木知县。其间创修兴文书院，捐置书籍，月课校士。并捐立义冢地于南门外屈野河东，兼修柏林堡城，多有善政。后推升知州，携眷进京，行至山东张秋病故，身后苦无子嗣，赤贫如洗。

游杏花村诗二首

其一

作吏能闲是散仙，看花郭外且停鞭。
上林无分斜簪帽，绝塞春游十六年。

其二

太平逸事艳争春，宴罢微闻叹息声。
欲返扬州少骑鹤，一枝聊慰故园情。

张 琛

张琛，字问亭，宛平（今属北京）人，乾隆五十七年（1792）副贡。历官紫阳、永寿、邠州，洵阳、葭州、神木、留坝等地，足迹半遍陕西，所到之处多有惠政。著有《日锄斋诗集》，补编道光《神木县志》艺文一卷。

之神木任二首

其一

辐辏麟州阜，边宁二百年。
地分河套沃，人杂犬戎膻。
风吼绝飞鸟，冰坚裂渡船。
到来知俗厚，持酪献官前。

其二

中外无分别，民夷杂市行。
弛关看马人，接哄听驼鸣。
肉食牛羊足，毛衣布帛轻。
腥膻真此域，何以濯吾缨。

福康安

福康安（1754—1796），字瑶林，号敬斋，满洲镶黄旗人，清乾隆年间名将、大臣。大学士傅恒第三子，孝贤纯皇后之侄。先后率军平定甘肃回民田五起事、台湾林爽文事件、廓尔喀之役、苗疆起事，累封一等嘉勇忠锐公。此外，他还参加制定《钦定藏内善后章程》和金瓶掣签制度。

赠神木刘训导德①

广文投阁属闲曹，折足犹能胜折腰。
怪杀蜀中同进士，热官不及冷官高。

————

①此诗标题为编者所加。据道光《神木县志》：刘德，字覃敷。由举人，任通渭县训导。河州逆回变乱，城无守兵，德率士民，昼夜防御。俄而，南城失守，贼乘间入。德朝服设案，望北叩头，登学楼自缢。绳断，坠楼下，折足，濒死。贼见其僵卧，以为死也，未加害。翌日复苏，贼他去。督帅奏闻，鉴其忠，令以原职回籍。总督福康安，赠以诗，曰：广文投阁属闲曹，折足犹能胜折腰。怪杀蜀中同进士，热官不及冷官高。谓县令某也。

特通阿

特通阿（1754—1820），号雨泉，镶蓝旗蒙古人。乾隆四十二年（1777）拔贡，朝考一等，乾隆五十五年（1790）任神木同知，嘉庆四年（1799）任榆林府知府。官至陕西按察使，署陕西布政使。

题东山慧泉①

泉自何人以慧名，行深般若度群生。
闲将功德入池水，分注龙湫万古青。

---

①慧泉，据道光《神木县志》：在神木城东山上石洞内。泉从洞岭滴下，清洁而甘。今日居民饮水甚便，然常有早起登山者，接取此水而日用。据李嘉绩《榆塞纪行录》：康熙间大学时张玉书扈驾至此，汲饮品为极甘，邑人至今称之。

嵩 英

嵩英，蒙古正红旗人，嘉庆五年至八年（1800—1803）任神木理事司员，静镇有方，蒙民慑服。

游杏花村诗

画山画水无高深，尺幅超然有幽致。
平生爱画更爱游，偶闻佳处辄停辔。
云州城外杏花村，二月花开斗明媚。
半夜绿水绕山根，万点红霞藏古寺。
傍水依山筑小亭，满眼云烟饶画意。
边城万里飞黄沙，欲图此景谁好事。
同人坐对豁双眸，天然画笔真非伪。
簿书稀少羽书无，旷野清游恣闲吏。
一村鸡犬数十家，饱看花开与花坠。
踏青络绎太平春，应笑桃源空作记。

苏尔登额

苏尔登额，满洲镶蓝旗人，嘉庆五年至十年（1800—1805）神木同知。

游杏花村诗

去腊回春早，青草不见芽。
墙根堆白雪，帘外卷黄沙。
午衙散罢日无事，河岸忽报村中花。
天意想怜边土瘠，春意先闹农氓家。
出郭只十里，马力岂厌赊。
遥疑采药仙，枝头一一悬丹砂。
近谒化人城，优昙变现蒸红霞。
小亭四围无散遮，水清涟兮山嵱嵷。
宁羡修禊继永和，呼彼童叟话桑麻。
但闻击壤歌，百年无复闻哀笳。
亭何无名建自巴，丰乐二字袭不讹。
归鞭各执一枝斜，带回春色城中夸。

狄 毬

狄毬（约1756—1808），江苏溧阳人。以举人充觉罗（努尔哈赤伯叔兄弟的旁支子孙，为觉罗）教习。嘉庆六年至八年（1801—1803）任府谷县令，十一年（1806）升榆林知府。①

游杏花村诗四首

其一

云川东去影迷离，隐隐繁葩放满枝。
地僻休嫌春到晚，山深应讶我来迟。
叨陪胜赏原非偶，暂憩劳生会有期。
竟日淹流无一事，相逢野叟话雍熙。

其二

为寻古寺到山村，嫩绿新红涨远痕。
日影高悬花欲语，琴声寂静鸟能言。
数家鸡犬耽幽趣，一径烟霞避俗喧。
风浴咏归人去后，苍然暮色到柴门。

---

①狄毬，道光《神木县志》作"狄㛪"，误，今据中国第一历史档案馆资料订正之。

其三

城西一望豁双眸，拾翠寻芳事事幽。
野屋参差围秀霭，晴栏屈曲俯清流。
已看景色逢春暮，却羡韶光为我留。
记取仙源行不尽，个中趣味得重游。

其四

春迟春早总怜春，塞北江南一样新。
容与花光铺作锦，淡浓草色灿成茵。
堂开绿野应浮白，座对青山不染尘。
底事徘徊看不厌，壶觞更乐素心人。

文 孚

文孚（？—1841），字秋潭，满洲镶黄旗人，清朝大臣。历任山海关副都统、马兰镇总兵、锦州副都统、东阁大学士、转文渊阁大学士。有《秋潭相国诗存》传世。

寄德懋斋员外

时出使神木

其一

关河迢递到双鱼，闻道边城驻使车。
散步应同千里月，离怀聊借一封书。
闲巡部落春莎长，静对琴书昼漏徐。
我已霜华侵绿鬓，昂藏清兴近何如。

其二

一自轮蹄宦海分，乡关遥隔陇头云。
山花耐冷迟迟放，塞雁当秋夜夜闻。
千里新诗怀往事，十年故友感离群。
何时聚首春明月，细话萍踪酒半醺。

邓廷桢

邓廷桢（1776—1846），字维周，又字嶰筠，晚号妙吉祥室老人、刚木老人。南京人。政治家，民族英雄。嘉庆六年（1801）进士，二十年至二十二年（1815—1817）任榆林知府，官至云贵、闽浙、两江总督，与林则徐协力查禁鸦片，击退英舰挑衅。后调闽浙，坐在粤办理不善事戍伊犁。释还，迁至陕西巡抚。有《石砚斋诗抄》等多部著作传世。

于役神木，舆中作此①

碛边残雪卷成堆，涧底寒冰踏不开。
一隼独摩荒垒去，群羝齐下乱山来。
年丰尽有粮栖亩，日暮休辞泛酒杯。
却忆江南行客好，梅花万树及春回②。

---

①此诗见《双砚斋诗钞》。
②作者注：时王甥景阶方南下。

会勘蒙古狱，简富司马兆兼示县令①

殊方皆赤子，敕罚要矜疑。
重译词难恃，诸番志易欺②。
听宜兼气色，狱莫久羁迟。
威惠中朝大，须教绝域知。

异俗二首，效工部俳体

其一

地广惟生黍，天寒晚种穈③。
尘床皆火宅④，华屋即山邱⑤。
腹有万羊福⑥，身披六月裘⑦。
闺中尤怪绝，痛哭作春游⑧。

---

①富兆（？—1833），隶正蓝旗，费莫氏。嘉庆四年（1799），由监生捐纳笔帖式，嘉庆十五年（1810）任神木通判。道光二年（1822），官至江南道监察御史。因查获盗贼充官役，讦诈商旅及盗官粮犯之功，以道府用。授福州副都统。
②作者夹注：蒙古言语不通，问对皆藉通事。
③作者夹注（以下同）：边地苦寒，隔年不能蓻，至春乃播种焉。
④民间无寒暑，必卧暖炕。
⑤沙多树少，人不能庇材，人皆穴处。
⑥比户食羊，冬后刲宰，日以千计。
⑦民贫者，止羊裘一领，夏则以毛外。
⑧佳时令节，妇人出游，往往哭于郊外。

其二

曲突蜂房列①，比邻鼠穴通②。
跳神喧败鼓③，浇鬼挈浆筒④。
是水偏名酒⑤，多鱼却唤虫⑥。
焉支有颜色，裹向额边红⑦。

前诗谑而虐矣，兹述其风土之美者

公府稀投牒⑧，边氓半荷戈⑨。
弄珠游女少⑩，缚袴健儿多⑪。
鬑腹甘蔬水，鹑衣谢绮罗⑫。
石田春雨后，好听饭牛歌。

---

①作者夹注（以下同）：居人有一屋即有一炕，出烟之突罗列墙外，不可胜数。
②城中居民，一宅必居数家，不分院落。
③延巫祛病谓之跳神。
④俗以六月六日煮浆浇墓名为解热。
⑤列肆造水黄酒，恶劣不堪饮。
⑥江邻几志范希文行边至水滨，从者曰此水有虫，范曰不妨，我即食虫。今河中颇有鱼，土人不敢食也。
⑦妇女悉以红巾蒙首。
⑧作者原注：俗不好讼。
⑨居民半属镇兵。
⑩妇人出则由僻径行，不行通衢，犹有避道之义。
⑪人知义勇，畏法怀忠。
⑫服食极俭，黍饭一盂，布衣一袭而已。

莲花白①

样合潘妃步，光凝姑射肤。
香苞深破玉，嫩甲稳含珠。
雪圃根初劚②，晶盘味独腴。
醉余供细嚼，为尔传冰壶。

①莲花白，本地常见菜蔬，俗称"苘子白"。
②劚（zhú），挖；掘。

杨世显

杨世显（1784—?），字旭晴，号东轩。陕西神木城关人。清代书法家。嘉庆十九年甲戌科（1813）进士，与龙汝言、祁寯藻同榜。工书，行楷俱精妙。曾任咸安宫教习，麟城书院山长。

赋得受中定命

得中字五言八韵①

命禀人为贵，含生二气融。
定昭言动则，受自地天中。
具质三才备，根心四体充。
威仪期不忒，情性本皆公。
撰自清宁合，基原夙夜通。
圭璋推厥品，律度饬其躬。
守正无偏党，绥猷泯异同。
凝承钦圣德，相协仰神功。

①此诗见宋铫珍藏杨世显科举朱卷。

马 疏

马疏（1789—1853），字经帏，号南园。巩昌府安定县（今甘肃定西）人。清代著名诗人，工书法。嘉庆二十五年（1820）进士，陕西府谷知县。此后，历任洛南、富平、咸宁等县知县。他勤于公事，在府谷期间，办理了许多多年未结之案件，百姓都称他为"马青天"。《甘肃通志》有传。著有《日损益斋诗文集》《古今体诗》。

由马真泛舟泊合河①

厌看山如赭，忽见柏森翠。

崖断根蟠石，阴垂雪压寺。

移船观未足，却讶风帆利。

泊岸穿枣林，瓦屋鳞鳞萃。

耆童迎马首，欣待我侯至。

微贽出春磨，各随意所馈。

自从我侯来，田舍安无事。

年丰谷用成，福厚众能庇。

愿无须臾去，长此留善治。

---

①马真，即神木市马镇。历史上，马镇长期隶属府谷县，直到20世纪30年代才划入神府革命根据地，归神木。合河即今马镇合河村，自古为渡口。

举手谢耆童，驩虞我殊愧。
不闻太古民，目未睹官吏。
无怨亦无德，浑如春风被。
请君视此河，经流非一地。
百里蒙其润，谁拜河神赐。

十五日由采林岸行①

料峭寒风冱雪泥，积阴漠漠湿云低。
手攀苍石凌天上，目送黄河出峡西。
九折邛崃如此险，几家鼓吹闹前蹊。
谁知不夜观灯候，策马山阿路尚迷。

龙泉寺②

成佛无夙慧，甘居灵运后。
误堕尘网中，乃为世械杻。
此行入深山，僧舍凭屦扣。
桑下恋三宿，岂惟鸿爪偶。
龙泉界古寺，梵音截培塿。
苔藓荒残碑，风雨蚀垩黝。
却来石室中，烟煤堆罌瓿。

---

①采林，村名，属神木市贺家川镇。
②龙泉寺，在中国不计其数，结合诗人宦历以及诗中所描写的景致，可推断此即神木高家堡龙泉寺，位于镇西北一里秃尾河山巅，始建于明成化七年（1471）。

顾僧亦太俗，何不勤扫帚。
雅称清净身，会邀林泉友。
僧乃胡卢笑：君何言之否。
我有菩提树，念念自无垢。
安事一室间，饰润誶丰厚。
光阴付瓶钵，生涯躬磨臼。
太虚以为庐，云雾自生牖。
山月照我心，悬蛛时挂柳。
山溜洗我耳，嵌实飞瀑吼。
偃蹇得自如，安闲足消受。
君滥草堂巾，松桂被汝诱。
一为风尘吏，鞍马疲奔走。
不见朱门空，宅锁谁与守。
主人老不归，毕竟成何有。
感师此言切，嗒马思良久。
还山旧有约，逝将解组绶。

青阳岔①

日穿硖角吐犹遮，风峭冰滩走急沙。
瀎瀎水声闻吠犬，巉巉岩径蹑飞蛇。
自春云碓喧溪骤，似卦畦田凿岸斜。
信是青阳原有脚，柳条舒处几人家。

---

①青阳岔，属高家堡镇李家洞村，位于镇东北十五里永利河畔，为古战场。

嘉平之望,因公诣神木,寓土地祠,晨访朱一松二首①

其一

贯代旋风笔一枝,岂惟儒雅是吾师。
清谈屡剪窗西烛,豪气先征塞上诗。
三载榆关敦友谊,十年浙水怅乡思。
知君壮负青云志,幕府留才总未宜。

其二

公余一笑豁尘襟,五夜龛灯照客心。
欲觉闻钟发深省,谁催击钵起清吟。
从教系马招提境,预想敲门剥啄音。
应怪主人眠未起,晓窗寒梦恋重衾。

---

①朱一松,又名一崧,原名朱壎,浙江杭州府仁和县增广生员,道光《神木县志》的主要编纂人员之一。

小住神木，吴驭青求书，吟二律赠之①

其一

捧橄人书吏考隆，治平第一属吴公②。

未收门下河南士，且话樽前塞北风。

莲幕光阴消客久，榆关德泽赞春融。

欲开襟抱知谁向，宾主相忘笑语中。

其二

腊酒消寒雪放晴，僧窗存问不胜情。

我先赠句朱元晦，君是知人吴季英。

雉贽古来征士节，鱼书报处订诗盟③。

要令属和辉前韵，转眼阳春丽满城。

---

①作者原注：驭青，毛观鸿明府幕友也。编者注：毛有猷，字壮其，号观鸿。清代书法家。贵州平越（今福泉）人，与马疏为嘉庆二十五年（1820）庚辰科同榜进士。道光三年至九年（1823—1829）任神木知县。

②作者原注：观鸿腯卓，荐君佐政有声。

③作者原注：君馈雉二，余以双鲤报之。

王懋勤

王懋勤，神木人，道光年间儒学廪膳生员。有《院老太君七秩荣寿序》传世。

院老太君七秩荣寿序歌①

王母人间号寿仙，梅花香结流觞传。
蟠桃已熟三千祀，萱草今生七十年。
举案敬深夫仰德，断机功远嗣称贤。
封移禄养还堪待，岁岁花朝启寿筵。

---

① 此诗见《马镇镇志》/ 乔振民主编 / 陕西人民出版社 /2016，第 667—669 页。

王致云

王致云（1782—?），字裔庭，浙江萧山人。道光十四年（1834）任神木知县，主修道光二十一年编《神木县志》四卷本。道光二十四年（1844）五月，因玩视重案审办错谬，被陕西巡抚李星沅参革。

登杨家城得神松旧处①

欲寻神木识根由，直上巉岩到此游。
好溯金时初建寨，还征宋相旧题楼。
勋传柱国杨家将，说误槎仙博望侯。
更莫浪传松见处，山城改徙自云州。

———————

①杨家城，在神木城北15公里处，为唐宋麟州旧城遗址。五代至宋，杨家将杨业几代人均据守此城，抵御契丹，故称杨家城。

宋　良

　　宋良（1791—?），清代官员，陕西神木城关人。字天爵，又字宝臣，号常贵。道光壬辰科（1832）吴钟骏榜进士。历任四川仪陇县正堂，开县正堂，天全州知州，贵州贵阳府开州知州。

赋得循名责实①

得诚字五言八韵

　　圣代官箴肃，群僚励厥诚。
　　推求原责实，综核在循名。
　　未许春华采，期符月旦评。
　　瑾怀羞捷径，竽滥戒虚声。
　　品以三升定，风缘六计清。
　　人劳徒刻楮，汝用冀和羹。
　　日下鸿仪吉，云间骥足轻。
　　知人尧帝哲，百尔抑持衡。

---

　　①此诗为宋良科举朱卷应制之作。宋良科举朱卷现为宋良七世孙宋铫（1942.6—）珍藏。

偶然①

世人谓我多偶然，偶然之中又偶然。
天下多少偶然事，尔等何不一偶然。

---

①据《神木县志》（1990 年版）：道光年间，神木有一个读书人宋良，苦学不辍，可天资并不高明，为人少言寡语，不爱逢迎往还，一般的读书人觉其另类，颇看不起他。当宋良考上秀才，均说是瞎猫碰上死耗子，"偶然"运气好。当他中举，他们还是无法信任宋良的实力，嘲笑其瞎雀儿碰谷穗，"偶然"碰上了。及至他考取进士，原来讥讽他"偶然"的人，多数改变了看法，纷纷向他道贺。但仍有一些顽固派，认为愚钝如宋良竟能中进士，无非是"偶然"事件。宋良感触良深，于是作了此诗予以戏谑还击。

刘 淳

刘淳（1792—1850），字孝长，号莘农，湖北天门人。五次应试不第，遂绝意仕进，归里著书。其诗以雄豪著称于时，与同县的胡鼎臣、张其英号称"竟陵三诗人"。著有《云中集》等。

哀麟城生行①

麟城生，生于今之神木，古麟府，是为宋明之极边。生之先人筮仕于其间，官如刘宠，不受一钱。

边风漠漠凄以寒，古来战地尽白骨，惟见五龙之山崰岉而巑岏。②
生能歌塞上曲，又不类边城儿，翩如癯仙手长爪。
角巾羽服工弹碁，长大未曾识故里，随宦蓟北更粤西。
横州刺史没，一朝返乡曲。
家徒四壁无长物，东走齐，南走吴，腰剑一骑尘模糊。
横江跨海，所到不知几千里，泰山影落青玉壶。
男儿壮游不快意，杜门亦自有生计。
中岁偶作还山云，橙湖万顷烟中寺。

---

①此诗见刘淳《云中集》，载《清代诗文集汇编》/上海古籍出版社/2010，第749—750页。
②崰岉（zè hì），挺拔。巑岏（cuán wán），耸立。五龙山，疑为九龙山之误。

日读奇书饮醇酒，诗成自署柳村柳。

尺红公子雪坪翁，与生兄弟为四友[①]。

尺红射策登建章，出宰淮南之天长。

生以密亲为揖客，美人图画传芬芳。

芬芳兮不得荐瑶席，人生欢会岂有极。

百年三万六千日，日见兔走乌飞疾。

主人牧守历三州，宾从皆着紫绮裘，春宵丝管连清秋。

豪情贵势不可量，仰天生已搔白头。

余在庐阳始相见，意气倾倒何绸缪。

敬礼定文屡见属，对床深夜剪华烛。

壬春送我之京华，癸秋与我同归车。

别来怅触思往事[②]，但记苍颜酒晕生。

红霞霞散若奔电，柳秃不可见尺红。

地下应相逢，我辈人间复何恋。

悲哉雪坪翁，七十之年头尽童。

悯生之没，哀生穷，使我闻之拊膺痛哭不能止。

斜日招魂楚天末，子规啼血愁青枫。

---

①据《湖北文徵·第9卷》，诗中"四公子"指湖北汉川方柳村、方静峰、李蟠、刘珊。方柳村，名陶，字柳村，乾隆年间神木知县方万年（在神木时重修高家堡城，官至广西横州知州）之子，著有《醉菊亭诗钞》。方静峰，方柳村胞兄。李蟠，字子根，号雪坪，嘉庆时布衣，有《云带楼诗集》。刘珊（1779—1824），字介纯，号海树，刘淳族兄。清嘉庆十六年（1811）进士，曾官安徽天长知县、颍州知府。著有《亦政堂诗集》。

②怅触（chéng chù）：触动，感触。

冯树勋

冯树勋[1]（？—1868），字国华，米脂贡生，官至神木教谕，死于同治七年回乱。

围城感想

同治戊辰，余官神木教谕，适回氛甚恶，沿边郡邑蹂躏殆遍。神木僻处边陲，素无重兵防守，而乡民之扶老携幼来城避难者络绎不绝。正月二十二日，逆回数万长驱而来，昼夜攻城甚急。是时，羽檄星驰，援兵屡乞不至，孤城累卵，危在旦夕。忧愤题此。

> 浩劫茫茫杀气开，黄金百万似飞来。
> 羽书昨夜连宵急，鼙鼓今朝动地哀。
> 两世君恩酬旦夕，一腔碧血化尘埃。
> 王师若至妖氛扫，休养仍须乞圣裁。

---

[1]冯树勋生平事迹详于民国《米脂县志》以及《陕西通志续通志》（1969年版），第4506页：冯树勋，字国华，米脂人，葭州学正汝勋之子也。汝勋性正直，事继母以孝闻。树勋由附贡捐教职选授三原县训导，后署神木教谕。时有少子方逾岁，留乳母家，其余眷属均携抵任。同治七年正月间，回匪数万围攻神木。公谓长子云城曰："城其殆矣！余有官守将死之！尔可以逃！"云城曰："父既死，儿何生为？"树勋曰："不可！我死，忠也。尔逃，孝也。宗祧所关甚重，且汝独不为我等骸骨计乎？"城陷，树勋率民团，拒贼血战，力竭遂遇害。学署侧旧有井，树勋妻艾氏率妇周氏女玉凤、孙六安、孙女六从，皆溺。云城匿身贼丛，贼退，觅父骨及全家尸骨归葬。追赠国子监助教衔，世袭云骑尉罔替。长子云城，荫父职。次子绣城，廪生，即抵神木任时，留乳母家者也。

秦梦熊

秦梦熊，字良弼，陕西神木人。嘉庆二十四年（1819）己卯恩科武状元秦钟英之孙。以祖提督，袭一品荫生，朝考一等，内用刑部主事，后升郎中。光绪元年（1875），与编《图开胜迹》。

福堂军门胜迹图校刊将成[①]，敬赋四律，以志钦仰[②]

其一

衡湘间气出贤豪，将略由来母教叨。
志以澄清为抱负，心原忠孝著勋劳。
千军总统风云壮，九命频邀日月高。
报国显亲多少事，数行温诏荷荣褒。

---

①福堂，刘厚基的号。刘厚基（1840—1877），湖南人氏，曾跟随左宗棠戡定太平军与同治回乱。1867年奉命转战榆林，次年出任延榆绥镇总兵。他体恤黔黎，屡有德政，深得民心，短暂的一生却留下了许多令人怀念与追忆的功业。
②此组诗见《榆阳文库·图开胜迹》／上海古籍出版社／2016，第250—257页。

其二

吟毫挥洒志英明，十载中原惯战征。
节钺持来天眷重，旌旗到处敌军惊。
远平鲸浪巴江静，净息狼烟塞月明。
凯唱师旋专阃寄，榆关威望抵长城。

其三

久镇边疆策治安，才兼文武古今难。
曾留色相图襄鄂，备纪功勋匹范韩。
儒将风流多宦迹，神君日颂遍词坛。
绅民献句争传诵，二百余年见此官。

其四

回首家山几战场，将军德政感难忘。
顿教满目疮痍地，重复当年富庶乡。
新寄陇梅芳迅好，久依燕树客情长。
公余窃喜供雠校，敬展名编艺瓣香。

重修榆林馆工成，赋诗寄呈福堂军门采览①

圣时天府罗文昌，声教覃敷遍八荒。

各郡置邸在京邑，仕以休沐士观光。

榆林古称用武地，前明九边列巨防。

国朝屏藩过漠北，此间久不赋同裳。

云汉昭回到西极，多士追琢分天章。

公车济济谋栖止，市廛如驿置郑庄。

门堂牖扉庖湢备，百年绰楔宣南坊。

迩来推我主东道，栋宇倾圮剥风霜。

蛙鸣草莱鼠窜瓦，毁垣不须郑相强。

牵萝欲补无珠卖，坐视平津车库伤。

淮风别雨日益甚，侧闻福曜森光芒。

我公当今称名将，手挽弧矢静天狼。

建节此邦来作镇，百废俱举遍岩疆。

乞公一呼集众响，十部从事无此良。

孰知公意殊不尔，谓集袜线何能长。

积有廉俸数逾百，招邀太守解橐囊。

一朝打门送急递，三道印封远寄将。

窭人获珠转多事，土木群集何奔忙。

眼中突兀蜃楼现，告尔来者毋相忘。

急扫洁室薰以祝，我公福禄纯尔常。

---

①此诗见《榆阳文库·榆林县志》/上海古籍出版社/2016，第447—459页。

李嘉绩

李嘉绩（1843—1907），字云生，一字凝叔，别署潞河渔者，世籍直隶通州（今属北京），居潞河。以武功博官，历知陕西汧阳、保安、韩城、扶风、华州、安定、富平等州县。工汉隶，喜为诗。著有《榆塞纪行录》。

神木怀古①

将军挥策靖三边，一战能穷李继迁。
七百年来人去尽，野花开遍浊轮川。

神木

风沙吹不尽，又到古麟州。
四月寒仍冱，三边客漫游。
风从诸部采，诗为故人留。
借问黄河水，西南日夜流②。

---

①作者夹注：按《方舆纪要》云：浊轮川在神木县西北。宋雍熙三年，王侁出银州破李继迁，悉利诸砦入浊轮川，斩贼首五千级，继迁遁去，即此。或曰即曲源川也。今其水自河套来，东南流入黄河。又，《宋史》云："麟州西城枕睥睨，曰：红楼，下瞰屈野河"是也。然则浊轮川即今神木县西之屈野河，一名曲源川。与汉志白土县所出环水东流入河者，实一水矣。宋银州，今米脂县。麟州，今神木县。又葭州境内有螅蜊峪，其即宋史之悉利砦欤。屈野河上流在边墙外者，一名乌兰木伦河。浊轮之名其因木伦而伪欤。

②作者夹注：黄河在县南百三十里屈西南流。

游龙眼山极乐寺

上尽崚嶒路^①，岩峦晓气清。
两山规古塞，一水划方城。
剑壁临无地，琴泉落有声。
老僧留客处，石上白云横。

涉秃尾河至高家堡

飞鸦川上水潆洄，万树垂杨两岸栽。
白日荒荒人不见，野花开上塞墙来。

---

①崚嶒（léng céng），形容山势高峻。

封祝唐

封祝唐（1857—1898），字眉君，广西容县杨梅镇石岭村人。晚清著名诗人，光绪三年（1877）进士，十三年至十四年（1887—1888）任陕西神木知县。著有《味腴轩诗稿初编》，光绪二十一年（1895）主修《容县志》。

寄怀萨耀山司马，时闻在神木口外秋巡

其一

两年薄尉共边城，兰契当风宛旧盟。
官阁频来容我简，深杯不惜为君倾。
忘形直把冠簪略，说别能无涕泗横。
最是剧谈常夜半，刺桐花底月微明。

其二

使君家世本通侯，鸾掖回翔旧价留。
红药阶翻曾珥笔，黄榆塞远更鸣驺。
威宣边徼标新略，梦绕春明话昔游。
谁识薰香薇省客，宦槎同系古麟州。

其三

云川形胜接祁连，佐郡都夸使者贤。
六部壶浆争款塞，九秋旌旆壮巡边①。
清携只鹤高轩伴，廉却生鱼卧阁悬。
休养十年知不易，要令依汉似依天②。

其四

南来祖道感倾城，捧袂凄然惜别情。
宦海萍蓬无住著，天涯风雨若平生。
何时复共连床话，相见频教倒屣迎。
欲乞双凫还旧治，在山泉水本同清。

麟州除夕，用丙戌守岁都门晋阳寺原韵

其一

爆竹声稀夜寂寥，一年将尽又今宵。
迂慵于世曾何补，拓落逢人不自聊。
冷眼纷纷争鹬蚌，拊心碌碌半蝉貂。
晓钟未到春醪熟，块垒还应仗酒销。

---

①作者原注：鄂尔多斯六旗蒙民皆归统辖，每隔岁出塞秋巡一次，永著为令。
②作者原注：君治神已十年矣。

其二

狂歌斫地涕沾唇，啼笑无端总入神。
令节萧条穷塞景，孤城合沓乱山邻。
短辕自阨谁怜我，舞袖能回大有人。
且释羁愁拼一醉，尊前俄顷隔年身。

塞上

其一①

塞垣北望接昆仑，万里车书戴至尊。
莫向龙沙嗟谪宦，如今绝域是中原。

其二

李陵台畔暮云斜，断碣丛残话汉家。
欲谱鲲弦弹别恨，东风愁煞麝囊花。

---

①此诗押"十三元"韵。

衙斋春晚

绝塞风光百不堪，无花无酒似瞿昙。
垂杨那管春深浅，犹是依依翠色含。

云川月夜

一片长城月，天南共此宵。
愁中看明镜，乡思倍迢迢。
关塞秋先冷，星河影欲摇。
姮娥似相识，作意伴无聊。

己丑初秋,将由麟州捧檄出山,长歌纪怀兼示僚友

男儿既不能投笔希班超，立功绝域称人豪。
又不能拂衣效彭泽，三径归来抚松石。
东涂西抹总无成，北辙南辕为谁役。
徒抱嵚奇一片心，相逢到处无人识。
昔年盛意气，驱马黄金台。
臣饥懒索长安米，飘然一尉云中来。

云中远枕天山界，孤城乱后遗民在。
吊古犹寻斛律营，高歌直达祁连塞。
凉秋才到木叶干，霜花如剑边风寒。
此时侧望家万里，令我慨叹愁心肝。
浮萍无定踪，小草怀远志。
投荒两载不自聊，又向长安跨征骑。
出亦不足喜，住亦不足愁。
奇才入世本天赋，岂有荣落关人谋。
我今临觞忽不御，惜别怀乡兼感遇。
柳条缺处乱山青，明日摇鞭从此去。

冯炳蔚

冯炳蔚，又名绣城，字备五，米脂人，冯树勋幼子。光绪三十四年（1908）岁贡，四川候补府经历，民国二年（1913）署理甘泉县临真镇县丞，代理延川县知事。曾与杜斌丞等参与编写民国三十二年（1943）《米脂县志》。

光绪九年癸未正月十二日，奉先考妣暨嫂氏神牌祀从本县忠孝节烈两祠，回忆同治戊辰正月神木失守殉难苦况，粗成七绝四章，以志哀感

其一

当年秉铎到麟城，桃李成蹊喜气迎。
讵料花门生变乱，群僚无计止刀兵。

其二

东西山外鼓鼙鸣，戎马频来处处惊。
十万生灵罹浩劫，成仁死义竟捐生。

其三

苍天真个太无情，烽火烧残寸草萌。
今日梓桑崇祀典，椿萱虽殒亦留名。

其四

自来忠孝本儒生，节烈高风世所倾。
况有皇恩颁祀典，应教俎豆妥神明。

杨国颐

杨国颐（1860—1923），字仪臣。廪贡生。江西南昌人。宣统三年（1909）任神木知县。著有《抱璞斋诗存》。

归自神木

客秋漠北去来歌，老圃香橙手上搓。
仓卒风云生肘腋①，优游岁月付蹉跎。
今闻戎马犹难戢，春负新莺又已多。
樽酒莫消长日恨，借书东壁且摩挲②。

偕刘淑南道尹之榆林将抵境，次至河铺作③

丛山已过入平沙④，谁道榆林路甚赊。
连日征鞍晴快雪，诘朝行斾暖飞霞。
使君却羡无双土，生佛争迎几万家。
信是阳春原有脚，更教潘岳遍载花。

---

①作者原注：初冬省城忽有警备军之变。
②作者原注：客中无书，常从邻老辛成轩借观。
③刘淑南，即刘国栋，1915.6—1916.5 在任榆林道尹。
④作者原注：见沙路即快到。

刘凤霄

刘凤霄（约 1864—1934），字韵骞，江西南城人，神木知县杨国颐妻室。工画能诗，著有《桐荫阁诗选》。

外子补授神木令，赋此志贺

捧檄原为娱老亲，此行施政定宜民。
欣看报最茑迁日，循吏名扬第一人。

中华民国

焦振沧

焦振沧（1860—1943），"清末陕西第一循吏"焦云龙（雨田）之子。字东溟，号诚斋，贡生出身，清季民国五年（1916）、六年（1917）两任陕西神木县知事，为官清廉，颇有乃父风。有《诚斋诗稿》《於陵焦氏族谱》传世。

拟登东山作重九

佳胜属麟州，登高望九秋。
雁声来塞外，沙色上峰头。
漠漠山无际，滔滔水自流。
长城峙对岸，千古壮图留。

出榆关经行草地

榆阳北去沙成海，浪立涛奔过客惊。
镇北孤台瞰朔漠，大荒一线界长城。
飞鸿未许家书寄，饮马犹存窟水清。
蓬颗茫茫烟户少，长途缓缓塞驼行。

赴草地二首①

其一

萎草枯蒿万里黄，清霜熠耀映朝阳。
遥天空阔无飞鸟，满目萧寥有牧羊。
皮作衣裳石作屋，厂余薪炭窖余粮。
半山半谷半沙漠，沕穆纯风见古皇。

其二

旧闻胡虏气凭陵，今见荒荒感不胜。
沙压山埋石棱现，风搜土去树根腾。
打头岭背忽吹雪，走马河心更蹋冰。
谁识江南当此节，淡黄深碧尚层层。

---

①作者夹注：时在初冬。

赠东山上人清江

荒坪古寺苦修行，野草枯荣岁几更。
窟野流波珠阁影，边墙月带暮钟声。
袈裟春雨烟霞重，锡杖冬山冰雪清。
谁解点头皈大道，转怜顽石尚聪明。

咏县城①

孤城百雉锁严疆，漠漠河山控御长。
沙碛输波回窟野，敌楼分峙列边墙。
奋雷龙眼闪春电，落月驼峰冒晓霜。
莫道朔方无壮丽，万家烟户郁苍苍。

①作者注：龙眼，东山；驼峰，西岭；窟野，则城下河也。

神木留别①

贫儒何得赋居闲，五十年华鬓已斑。
一饿拼随孤竹子，全家难上采薇山。
俯惭碧水游鱼乐，仰愧青云倦鸟还。
纵有雄文邀客荐，老犹橐笔亦羞颜。

出城口占

步出神木城，飒飒风渐起。
神民送我行，前旌行复止。
人携一壶觞，劝进各未已。
一簇复一簇，一里复一里。
我虽豪于饮，其何以当此。
既有华胄英，亦有褴褛子。
或跪或脱靴，或趋请负矢。
使我泪阑干，俯首不能视。
渡河趋登山，萧然数行李。
回望神木城，父老犹翘企。

---

①作者注：时有考试之令。编者注：此诗原题《神木留别四首录一》。

边景①

　　劳劳惯作塞垣官，煮酒烧羊足自宽。
　　朔漠群山皆破烂，长城孤月倍高寒。
　　驼纲远与沙痕合，雁阵横将风势抟。
　　自是三边雄紧地，要凭英略靖兵端。

杨家畔杏花树下小步,查禁种烟到此口占②

　　暮春时节到山家，柳著金黄杏粉葩。
　　挑逗诗心怜物色，初传绮语向边沙。

①作者夹注：时二次任神木。
②杨家畔，现属神木贺家川镇。

忆经城南二十里铺人家门前，有花树名海红者，方含蓓蕾，诗以纪之

城南廿里有人家，篾篴含胎几树斜。
约略风光迟半月，门前满放海红花。

天台山南区侧岭孤耸，路走一线，西临窟野河，东临黄河，河东即晋境

瘦蛟单眷耸青空，绝壑双临波浪汹。
危坐肩舆轻一叶，怕教意外遇天风。

老龙祠祈水①

山行侵晓惬清幽，杨柳森森抱曲流。
涧道渠分浇绿圃，人家篱短卧黄牛。
庙瞻峰顶全无路，泉涌岩腰忽有湫。
拜罢神龙祈罢水，坐看灵雨沐边州。

---

①老龙祠，在今神木麻家塔老龙池。

神木道中

九边大漠连天远，万里黄河绕塞回。
有水偏防陷泥淖，乱山都似破楼台。
风沙碛里征驼去，冰雪峰头策马来。
落日长城望不极，凭高怀古一徘徊①。

寄神木裴宜丞国会议员京邸②

重说榆阳意黯然，严城警火彻宵悬。
朔南寇剧风尘合，尔我劳分早晚眠。
堞雉护安经弹雨，沙虫脱劫尚炊烟。
燕京相望逾千里，雁信缄情各一天。

---

①作者原注：边地溪沟内含松沙，外浮稀泥，过者急走，缓则堕落。
②作者原注：丙辰榆林城南北俱匪，予时摄道县两篆，裴领警队。编者注：裴宜丞，
即裴廷藩（1879—1926），神木高家堡人，民国诗人、政治活动家。

吴廷锡

吴廷锡（1865—1946），字敬之，号次皋，江苏江宁（今南京）人。清光绪年间举人、史学家，曾参与编修《陕西通志稿》《陕西乡贤史略》《太白山志》《续编陕西通志稿》等史料。

过高家堡题留二章①

其一

云川山水敛清辉，处士星明指少微。
刘淑河间开学舍，陈汤塞上熟兵机。
巡方寡德空持节，问俗凉秋早授衣。
时事假柯终有待，未容磻叟钓苔矶。

其二

载艣朔野咏长征，麟府同巡阅十程。
紫塞有绿寻战垒，青山无数送行旌。
冬防保聚民须教，秋敛蠲除赋暂轻。
独羡田畴称逸事，殖边不废诵弦声。

---

①此诗参见裴廷藩《退思堂诗稿》/ 高亮宇编注，第148页。裴在诗前小引：乙卯（1915）秋，吴敬之道尹巡边至高家堡赋此二章，兹录以留纪念。

刘培英

刘培英（约 1866—1936），神木高家堡人，前清秀才，高家堡小学首任校长。

兴武山①

岩岩兴武镇弥川，宫阙嵯峨半接天。
疑是蓬莱飞塞北，登临到此亦神仙。

归隐

历遍寰球五大洲，飘零剑佩复何求。
有田百亩桑千树，人物追踪第一流。

叠翠山②

叠翠峰峦最秀灵，悬崖峭壁耸孤亭。
此山绝似飞来石，留与东南作画屏。

---

①兴武山，位于高家堡城东南。
②叠翠山，位于高家堡兴武山南，两山相连，雨后夕照之下，常现"老鼠拖金印"之奇观。

杭熙龄

杭熙龄，神木高家堡人，前清秀才，高家堡小学教员。

咏山七绝三首

其一

兴武巍巍镇雁关，危楼高耸入云端。
谁云边塞无名胜，雄峙东南第一山。

其二

雁塞山河据上游，雄关百二最为头。
崤函险隘经荒废，控制全秦古胜州。

其三

再题兴武意缠绵，愿结名山并事缘。
无限深情何处托，夕阳晚翠照千年。

七律一首

纵步峰腰百尺楼，河山秀丽足清幽。

日临古刹朝霞映，云锁深岩晚翠浮。

福地洞天资赏识，层台飞阁任遨游。

与谁结伴来偕隐，涤荡尘襟百不忧。

裴宜丞

裴宜丞（1879—1926），初名学曾，后更名廷藩，以字行。诗人、政治活动家。《民国人物大辞典》《民国之精华》有传。高家堡人，少称神童。1909 年毕业于京师大学堂。1912 年 3 月，任陕北安抚使兼边墙内外团练使，开始建立民国体制的县级机构，委任陕北各县县长。1913 年 2 月，当选为国会众议院议员。1923 年参与曹锟贿选。1924 年任绥远清乡司令。1926 年 10 月为井岳秀杀害。著有《退思堂诗稿》。

感怀

天地洪炉造化身，炼成铁骨傲红尘。
岂因五斗将腰折，愿作中原第一人。

癸丑二月，余当选众议员，赴京开会，与北京大学旧同学数十人相遇①

凤凰麒麟在郊薮，　天地之大人材有。

劳燕东西各自飞，　都门何幸又聚首。

五载相交交既厚，　四类分科各千秋。

忆昔论文寒窗前，　一堂之中皆朋友。

丈夫立身当不朽，　岂甘折腰为五斗。

只缘义务不容辞，　暂来京华供奔走。

立志常怀猷为守，　言欢不外诗与酒。

我今举杯祝诸君，　不可小知可大受。

① "赴京开"三字，裴诗原稿缺脱，编者据意增补。

乱后吟

乙丑秋，余在山西兴县属裴家川口居住，有友人由陕北来报告，兵匪交困，情状甚详，余因作乱后吟一章。

长空起秋风，满地尘沙走。
四野何萧条，遭逢乱离后。
壮丁散四方，家中剩老妇。
幼女在外逃，遇者蒙尘垢。
鹊巢鸠反居，有家不能守。
既掠又要焚，室中一无有。
三两疮痍民，幸脱虎狼口。
啼饥且号寒，忍痛服南亩。
谁知祸双临，官兵随其后。
匪患为暂时，兵灾反长久。
更有残忍官，催科仍照旧。
搜索毫无遗，鞭扑及童叟。
谁知难民情，代诉与元首。
谁绘流民图，陈情到政府。
可恨当道人，民命视太苟。
愧我无有权，要援难着手。
心中最辛酸，痛苦难隐受。

哀我众同胞，何时登仁寿。
我目不忍看，愿入山林薮。
我耳不忍闻，愿饮常醉酒。

焦培城

焦培城（1880—1930），神木马镇人，晚清秀才。

咏太子殿

山名天宝镇榆东，太子龙潜构宫崇①。
画栋晨迎朝日旭，珠帘暮卷晚霞红。
金钟有韵悬峰巅，石鼓宏声蕴壑中。
一日望符园勃上，临轩恭俭想遗风。

———————

①天宝，即马镇天宝山，位于马镇村西。相传汉武帝太子刘恒曾在天宝山八卦窑内避
难。

王雪樵

王雪樵（1894—1939），名光荫，号右军之裔、一苇居士、慕陶馆主、雪山樵夫、寒鸦等，陕西神木人。民国著名书法家，时与于右任、李棠合称"陕西书坛三杰"。有《王雪樵墨迹选》《中国历代经典碑帖（近现代部分·王雪樵卷)》行世。

赠瑞堂①

日悔诗书误，贫愁日月长。
静思调恶马，投笔战沙场。

---

①据王雪樵子武绍文，瑞堂为神府革命根据地早期共产党员路茂槐。

赠张紫垣①

国手张紫垣，儒医亦是仙。

修园绵世泽，景岳继家传。

燥湿方分地，阴阳症辨天。

丹溪当把臂，青主欲齐肩。

半载深交缔，数年宿疾痊。

临歧无所赠，一纸愧寒毡。

---

①张紫垣（1889—1951），字昆明，号星耀，榆林榆阳城区人。幼时体弱多病，因求医艰难，遂矢志学医，行医四十年，声名颇显。王雪樵书赠张紫垣的诗见《中国历代经典碑帖（近现代部分·王雪樵卷）》/ 人民美术出版社 /2015，第 95 页。该诗为王雪樵书法作品内文，书末落款：紫垣老哥雅鉴，民国乙亥冬，弟王雪樵倚装。

吴我怡

吴我怡（1904—1994），原名吴之傑，又名吴汉山，字我怡。陕西神木人。财政专家。1930年留学日本，1934年留学英国，毕业于英国伦敦大学，1946年任国民政府财政部汉口直接税务局局长。1949年去台湾，1987年返回故里。

无题①

相谈别后未多时，展送回书慰我思。
墨宝传来非易事，感君盛意赋新诗。

祝赵守钰尊长七十寿②

人生七十古来稀，宝岛称觞映素晖。
矍铄康强济上寿，明年祝嘏喜同归。

---

①此诗原无标题。手稿为吴我怡之弟吴之偉女儿吴玉花女士所藏。
②赵守钰（1881—1960），字友琴，号式如，山西太谷人，国民党陆军中将。

中华人民共和国

张祉繁

张祉繁（1901—1964），神木镇人，北京大学毕业，先后在神木中学、包头从事教育工作，1951 年改学医，是本地有名气的儿科中医。

避居杏花村，荒斋岑寂，兀坐萧然，承马道士招览浩然亭之胜，口号一首①

惟爱真山水，芒鞋载酒游。
诗画四壁满，溪水一弯流。
亭是道人作，额乃名将留②。
国难多感慨，临眺千人愁。

---

①此诗见《何柱国回忆录》/ 中国文史出版社 /2015.01，第 215 页，诗名为《题浩然亭》，尾联为：兴亡皆有责，敌忾同雠仇。温亚洲所编著《古今文人咏神木诗词选》也收录有此诗，内容与何书同，且标明写作日期为 1939 年。皆与浩然亭石刻不符。2018 年 1 月 12 日，神木政协召开文史馆方案及施工设计评审会，适湖南政协文史委副主任蔡业海随投标公司珠江建筑前来，当日下午，编者陪游神木名胜二郎山，于浩然亭见张祉繁先生题壁原诗，题如本选，且末句为：国难多感慨，临眺千人愁。落款：民国卅年友张祉繁。

②名将，指何柱国。1939 年元月，何柱国部队移驻陕西神木，进行休整补充，归傅作义和邓宝珊指挥。同年，二郎山有亭建成，何为题名"浩然亭"，并书"天地正气"。

记一九三年十二月日贼轰炸神木城①

三十五机来，鸣声音若雷。

飞奔人似箭，提裤不着鞋。

怀抱小婴儿，敛声不敢咳。

惊飞林里鸟，远去不徘徊。

炸弹轰轰响，民房纷纷颓。

墙头血肉溅，四处断肢埋。

大火冲天燃，哭嚎塞满街。

千人诉国难，万丈起尘埃。

---

①本诗见杨文岩整理《回忆三十五架日本飞机轰炸神木城》，载1998年《神木文史·第6辑》第76—77页，标题为选注者加。此诗为声口相传，未见定稿，出于声韵考虑，选注者对其稍作调改。另外需要说明的是，神木方言"鞋"读"hái"，"街"读"gāi"。张祉繁先生流传诗稿如下：三十五机来，鸣声音若雷。飞也人似箭，提裤不着鞋。怀抱小婴儿，张口不敢咳。惊起林间鸟，直去不徘徊。轰轰弹声响，房屋成千堆。血肉溅墙头，断骨四处埋。大火冲天燃，万丈起尘埃。千人诉国难，哭声塞满街。

李文芳

李文芳（1909—1989），陕西神木人。榆中学生，陕北早期党员，曾是陕北特委成员，1938年任国民党榆林肃反会秘书。20世纪80年代后任榆林政协委员。②

秋夜①

月自闲闲夜自明，风何冷冷露何清。
无眠枕上愁转甚，寂寞床头梦不成。
何处伤怀鸣玉笛，谁家幽怨诉芦笙。
一番旋律一番韵，断续风传断续声。

---

①此诗选自1984年8月10日李文芳油印诗集《香斋诗草》（武绍文藏本），第2页。诗末作者自注：1934年于神木。
②李文芳简介见《焦维炽》/魏建国著/陕西人民出版社/2012.04，第232页。

张建海

张建海（1919—?），字镜湖，陕西榆林人。榆林中学毕业，曾任榆林专员公署秘书等。1949年6月，参加榆林和平起义，后任榆林报社记者。

杨家城①

黄沙碧血说杨门，家在麟州古迹存。
一片忠心光日月，千秋正气贯乾坤。
七星古庙传佳话，两棵神松表至贞。
窟野河流犹怒吼，江山锦绣不容侵。

开发神府大煤田

万里扶摇起大鹏，龙门一跃鲤鱼升。
戴穷帽子端金碗，丰富矿藏聚宝盆。
连片炭山真大有，纷传煤海庆飞腾。
长城线上修车路，烽火墩台叫巨鹰。

---

①作者原注：杨家城，即古麟州城，在神木县东北40里处。据文献记载，是杨家将的故乡。府谷县孤山堡是折太君的故乡，上有七星庙，传说是杨业和折太君成亲处。神木城南，原有松树二株，后人以神松呼之，神木县因而得名。

王汶石

王汶石（1921—1999），作家。山西荣河（今万荣）人。曾任陕西省文联副主席，中国文联第四届委员。

过红碱淖

蓝天一片落草原，鱼眠水底白鸥闲。
大气沁心人欲醉，愿有草庐结湖边。

曾 刚

曾刚（1924—2010），本名常增刚，陕西米脂人。曾任中国音乐家协会西安分会副主席兼《群众音乐》主编，职称编审。著有诗文选《钟吕集》、诗集《心声录》等。

水调歌头·神府情

窟野桥头望，极目向南方①，迢迢千里来访，故土总牵肠。桃枣糜秫壮否？兄弟爷娘可好？岁岁盼还乡。天雨难归去，憾比流水长。

数十载，一弹指，事茫茫。忽闻故旧寻觅，夜半叙家常。神府山川换貌，梁道纵横流淌，户户有余粮。悉此心犹慰，百尺更图强。

①作者原注：南方，指原神府老红区。笔者1939—1940年曾在此工作。后随陕西文联访问团赴榆神，本拟亲访故地，奈天雨路断，夙愿未偿，憾甚！

刘 德

刘德（1928—2007），神木高家堡人，著有《戍城诗稿》。曾为中华诗词学会理事、新疆诗词学会副会长、百草图书社社长。

故园重阳抒怀

弥川霜路九秋看，素影斜阳秃水寒。
紫雁声哀辞塞碛，黄花节日商乡山。
风回高阁疏星动，楼镇小城初月悬。
佛洞犹存留破壁，幽陵积雪望中瞻。

回乡偶书二首

其一

暮年挈妇故园行，闾巷家门尚可寻。
慰我生平亲友健，一樽薄酒话离情。

其二

行程万里探桑梓，半改乡音鬓有丝。
梦里依稀慈母泪，堡中旧事忆儿时。

麻一美

麻一美（1953—2015），神木店塔人。历任中学教师、政府秘书、县教研室书记等职。喜好创作，擅长古体诗词，作品散见省内外报刊。

登西山①

独上西峰百尺巅，川原四望意盎然。
南山枣染霞云赤，北漠风吹谷浪翻。
千载长城成旧垒，八方潮雨会煤田。
披襟我欲凌空去，飞跨神驼跃昊天。

①西山即二郎山，因其形如驼峰，故又称驼峰山。

杏花滩赠武绍文老师[1]

觅得桃园不避秦，一湾风雨值千金。
山中野老经纶在，基地弘文更育人。

---

[1]武绍文（1936—），陕西神木人，书法家王雪樵之子，陕北知名文士。

主要参考文献

［1］（宋）欧阳修，宋祁撰.新唐书[M].北京：中华书局，1975.02.

［2］（唐）王维著；杨文生编著.王维诗集笺注[M].成都：四川人民出版社，2003.09.

［3］神木县志 全[M].台湾：成文出版社，1970.

［4］全唐诗 第9册[M].北京：中华书局，1960.

［5］（宋）张咏著；张其凡整理.张乖崖集[M].北京：中华书局，2000.06.

［6］沈青崖.敕修陕西通志 卷97[M].西安：三秦出版社，2014.01

［7］钱钟书著.宋诗纪事补正 第2册[M].沈阳：辽宁人民出版社；沈阳：辽海出版社，2003.01.

［8］汪原放著.王安石全集 第1册 [M].大众书局，1935.08.

［9］（明）郑汝璧等纂修.延绥镇志[M].上海：上海古籍出版社，2011.12.

［10］温亚洲编.古今文人咏神木诗词选[M].西安：陕西师范大学出版总社有限公司，2014.01.

［11］霍世春编.陕北古代边塞诗词[M].西安：太白文艺出版社，2009.12.

［12］ 王琳，邢培顺编选.苏洵苏辙集[M].南京：凤凰出版社，2007.10.

［13］ 田军等主编.金元明清诗词曲鉴赏辞典[M].北京：光明日报出版社，1990.08.

［14］ 佳县史志办公室点校.乾隆 葭州志[M].2009.10.

［15］ 耶律楚材撰.湛然居士文集[M].北京：中华书局，1985.

［16］ （明）赵廷瑞修；马理，吕楠纂；董健桥总校点.陕西通志上[M].西安：三秦出版社，2006.06.

［17］ 康熙末年.手抄本 神木县志[M].

［18］ 贾三强著；李浩编.清·雍正·经籍志著录文集研究陕西通志[M].西安：三秦出版社，2011.01.

［19］ （清）李熙龄纂修；陕西省榆林市地方志办公室整理；霍光平，张国华总校注；马少甫校注.榆林府志[M].上海：上海古籍出版社，2014.11.

［20］ 孙葆田等撰.山东通志[M].华文书局股份有限公司，1969.01.

［21］ （清）施闰章著，钟振振主编.清名家诗丛刊初集施闰章诗下[M].扬州：广陵书社，2006.12.

［22］ （清）尤侗著；杨旭辉点校.苏州文献丛书第3辑尤侗集下[M].上海：上海古籍出版社，2015.05.

［23］ （清）王士禛著；惠栋，金荣注；宫晓卫，孙言诚，周晶，闫昭典点校整理.渔洋精华录集注 下[M].济南：齐鲁书社，2009.04.

［24］ 江北县县志编纂委员会编纂；重庆市渝北区地方志办公室整理.江北县志稿（溯源 –1949）上[M].2015.01.

［25］ 秦国经主编；唐益年，叶秀云副主编.中国第一历史档案馆藏清代官员履历档案全编1[M].上海：华东师范大学出版社

［26］ 《清代诗文集汇编》编纂委员会编.清代诗文集汇编483青桹山房诗钞学福斋诗钞嘤求集分类莲仙尺牍日锄斋诗集小芦中

集[M].上海：上海古籍出版社，2010.12.

[27] 《清代诗文集汇编》编纂委员会编.清代诗文集汇编 520 双砚斋诗钞双砚斋词钞悟雪楼诗存清味斋存稿怀经堂诗存怀经堂文存适斋居士集[M].上海：上海古籍出版社，2010.12.

[28] （清）马疏撰.日损益斋古今体诗校注[M].天津：天津古籍出版社，2014.01.

[29] 乔振民主编.马镇镇志[M].西安：陕西人民出版社，2016.04.

[30] 《清代诗文集汇编》编纂委员会编.清代诗文集汇编 569 西园诗钞西园文集守默斋诗集常惺惺斋文集江南好词小诗航诗钞小诗航杂著退鹇居偶存云中集[M].上海：上海古籍出版社，2010.12.

[31] 神木宋铫家传.宋良科举朱卷[M].

[32] 民国米脂县志[M].南京：凤凰出版社，2007.05.

[33] 榆阳文库 图开胜迹[M].上海：上海古籍出版社，2016.05.

[34] 榆阳文库 榆林县志[M].上海：上海古籍出版社，2016.05.

[35] （清）李云生撰.榆塞纪行录[M].李氏代耕堂，1886.

[36] （清）朱依真，（清）封祝唐撰.九芝草堂诗存味腴轩诗稿初编[M].桂林：广西师范大学出版社，2015.10.

[37] 焦振沧著.诚斋诗稿[M].1938.02.

[38] 杨国颐著.抱璞轩诗存[M].上海刻本，1939.

[39] 刘凤霄著.桐荫阁诗选[M].上海刻本，1939.

[40] 裴廷藩著，高亮宇编注.退思堂诗稿[M].鄂尔多斯市党委印刷厂印刷，2008.07.

[41] 人民美术出版社.中国历代经典碑帖近现代部分王雪樵卷[M].北京：人民美术出版社，2015.01.

[42] 李文芳著.香斋诗草[M].油印本，1984.08

[43] 魏建国著.焦维炽[M].西安：陕西人民出版社，2012.04.

[44] 全国政协文史和学习委员会编.何柱国回忆录[M].北京：中国文史出版社，2015.01.

[45] 榆林市政协文史资料委员会编.榆林文史第3辑[M].内部资料，2003.12.

[46] 王汶石著.王汶石文集第2卷中篇小说剧本诗词[M].西安：陕西人民出版社，2004.09.

[47] 陕西省地方志办公室编.历代咏陕诗词曲集成近现代部分下[M].西安：三秦出版社，2007.12.

[48] 刘德著.戍城诗稿[M].香港：天马出版有限公司，2004.09.

[49] 杨文岩.神木九龙山龙腰龟迹胜览[M].北京：中国国际美术出版社，2012.05.

[50] （清）邓显鹤编纂.湖湘文库 沅湘耆旧集 2[M].长沙：岳麓书社，2007.12.

[51] 沈云龙主编；郭菜著.近代中国史料丛刊第52辑学源堂诗集[M].台湾：文海出版社，1973.12.

[52] 《清代诗文集汇编》编纂委员会编.清代诗文集汇编138容齐千首诗习齐记余习齐先生记余遗著古欢堂集矩庵诗质[M].上海：上海古籍出版社，2010.12.

[53] 神木县志全[M].台湾：成文出版社，1970.

[54] （清）褚人获辑撰；李梦生校点.历代笔记小说大观坚瓠集3[M].上海：上海古籍出版社，2012.12.

[55] 柯愈春著.清人诗文集总目提要上[M].北京：北京古籍出版社，2001.11.

[56] 《清代诗文集汇编》编纂委员会编.清代诗文集汇编109听云阁集听云阁雷琴篇王文靖公集年谱黑蝶斋诗钞[M].上海：上海古籍出版社，2010.12.

[57] 榆林市诗词学会编纂.榆林历代诗词全集[M].西安：陕西人民出版社，2017.10.

后 记

一颗传世心，两捆退稿文。
三省寻知己，四方献美芹。
——自题

　　身为一个写作者，我不免感到困惑，将大量时间花在资料的搜集编纂校勘上，这让我有一种虚无幻灭感，总觉得偏离了天赋与使命。通俗地讲，我生来是写家，结果却成了编辑。我安慰自己说，这本书编完，我要好好写一部巨著。渐渐地却越发悲观了，我开始审视自己以及同行的写作，终其一生，我们的作品能有多少可以传世？或者说，有多少可以收录进《神木历代诗词精选》这样的书？

　　我对写作愈加慎重了，几年来的文史工作，让我意识到了空间之于现代诗的重要性。在现代诗中，很难看到明确的地理标识，文本中没有，诗题中也几乎是缺席的。这明显有别于传统诗词，至少在过去的地方志中，那些诗词都具体提到了某地某人。

　　在全球一体化、城乡一体化的大趋势下，故乡与异乡的分野日渐模糊，我们的乡愁也消散殆尽。现代诗主要观照的是人的内心世界。伟大的心灵永不过时，具足携时与进的能力，此大概即现代诗人的底气。

不同于现代诗，传统方志艺文中的旧体诗词，富含文献价值。在本书的编注过程中我试图以最简洁的文字，传达最大的信息量，这种追求首先体现在对作者的介绍上。如张咏，我点明他是"纸币之父"，并提到其《麟州通判厅记》；而对清朝官员周岐，则引录了雍正皇帝对他的朱批考语。

在诗词来源方面，我遵守的基本标准是，收录抒写神木的诗词，如果作者为神木人，则不受此限。道光县志收录的那些宽泛的边塞诗，以及卢纶《送刘判官赴丰州》、李益《过九原饮马泉》等诗作，地理标识与神木相近而不相吻合，本书一概不录。选编过程中，我引用成书于康熙末年雍正初期的手抄本《神木县志》，侧重辑录一些和此志书一样在神木还少为人知的诗。如刘德弘的《神木八景诗》、赵儒的《神太道中》《驼峰》、范联芳的《翻范仲淹〈题麟州〉》。

明人范联芳万历四十五年（1617）任神木知县，其诗之重要意义在于冰释读者对范仲淹有关麟州诗词的狐疑，它直接说明了清道光二十一年（1841）神木知县王致云主编的《神木县志》所收录的范仲淹的《麟州秋词·调寄渔家傲》《麟州》本有所据。据目前资料，范联芳首次提到了范仲淹的《麟州》，比成书于雍正十三年（1735）的《陕西通志》早了100多年。

神木在历史上为边防重地，多将门，少文星，上下几千年，以诗赋留名者寥寥无几。杨家将后裔杨畋，文名颇盛，与王安石、司马光、蔡襄、梅尧臣、沈遘、韩维等均有唱和，其《新秦集》可能收录不少和麟州有关的诗文，韩琦诗《次韵和运使杨畋舍人登麟州城见寄》即很好的说明。非常不幸的是，此文集早已经散佚，仅存一篇王安石所作序言。及至清康乾年间，邑有隐士白世采，著《五原诗稿》，惜未传刻。

下迄民国，有诗文专著者唯裴宜丞一人而已。历朝历代，对神木的歌咏，更多来自外界。尤其是在北宋，孤悬河外的麟州因其特殊的战略地位，吸引了许多政治文化精英人物的关注，如欧阳修、范仲淹、司马光、毕仲游、王安石等等，都为神木留下了珍贵的文献。

之前，对于搜集整理神木诗词文献的这项工作，温亚洲先生已经取得了一定的成效，他所编注的《古今文人咏神木诗词选》约录 600 首，尤重今人之作的选入。最近王学诚先生也正在选编《杏雨东风：神木诗词一千首》。是故，如无重大之独家新发现，此《神木历代诗词精选集》也许原无出版发行之必要。

本书独特的意义正在于准入之严格，考辨之精详，发明之深刻。除了新发现的作者力求全面呈现其作品以外，其余作品则强调其经典性。另外尤需指出的是，所选约 90 位诗人的 230 余首诗词，其中百分之七十的文献，包括诗词文本和作者简介，均是第一次集中展现。耶律楚材、阿里根怀远、杨一清、施闰章、尤侗、折必宏、张衡、邓廷桢、马疏、张琛、秦梦熊、封祝唐、冯树勋、刘淳、冯炳蔚、李云生、杨国颐、焦振沧、吴廷锡等人写神木的诗作，以及神木籍清朝官员赵光荣，民国时期名人李文芳、吴我怡等先生的诗作，其发现带来的莫大安慰，让编者暂忘厕身陋室的困顿，甚至感到一种难以言表的充足与骄傲。

毫不谦逊地说，此次我虽非杰出的创造者，却自感是伟大的发现者。然而，这绝非个人的荣光与骄傲，而是集体的落后与迟滞，我亦不过于无佛处称尊罢了！20 世纪 80 年代，神府煤田大开发举世瞩目。三十多年过去了，在享受煤炭暴利的同时，本应有更多的力量，转身文化大开发，可是长期以来，我们仍满足于游兵散将的文化矿工东一榔头西一棒子的零敲碎打。令人欣喜的是，近年来，这种情况正在发生转变。

　　本书的编注与出版，得到了神木政协领导的高度重视与支持，尤其是高云霄主席，不仅高瞻远瞩，且在编排过程中给予了许多切实的建议与指导。这是对神木文化大开发的一次有效尝试，我们旨在为读者提供一块新大陆！虽然如此，仍难免遗憾，比如，费力而购买来的郑友周之《率真鸣》，程启朱之《陈念伊诗一卷》，原以为他们曾在神木为官，会留有不少相关诗作，孰料，遍寻之下却未获片言只字，就直为神木文脉之不幸而惋叹！稍慰心怀的是，这项工作才刚刚起步，前景无限广阔，我们将继续不遗余力地专事于神木文化大开发！

赵雄　谨识

2018 年 12 月

图书在版编目（CIP）数据

神木历代诗词精选集 / 赵雄编注. — 北京：中国

文史出版社，2018.6

ISBN 978-7-5205-0625-0

Ⅰ.①神… Ⅱ.①赵… Ⅲ.①诗词 – 作品集 – 中国 Ⅳ.①I22

中国版本图书馆 CIP 数据核字（2018）第 238363 号

神木历代诗词精选集

编　注	赵　雄	
责任编辑	李晓薇	
特邀编辑	王立栋　张鹏飞　焦问之　杨　虎	
出版发行	中国文史出版社	
印　刷	西安雁展印务有限公司	
开　本	16K	
印　张	12.25	
插　页	8P	
字　数	280 千字	
版　次	2018 年 12 月第 1 次版　2018 年 12 月第 1 次印刷	
书　号	978-7-5205-0625-0	
定　价	72.00 元